菩提系列散文 之四

如意菩提

林清玄

著

作家出版社

（京权）图字：01-2017-3117

图书在版编目（CIP）数据

如意菩提 / 林清玄著 .—北京：作家出版社，2017.11（2019.2重印）
（林清玄菩提系列散文）
ISBN 978-7-5063-9455-0

Ⅰ.①如… Ⅱ.①林… Ⅲ.①散文集－中国－当代 Ⅳ.① I267

中国版本图书馆 CIP 数据核字（2017）第 079913 号

本著作物经厦门墨客知识产权代理有限公司，由九歌出版社有
限公司授权作家出版社，在中国大陆出版、发行中文简体字版本。

如意菩提

作　　者：林清玄
责任编辑：省登宇
助理编辑：张文剑
装帧设计：粉粉猫
出版发行：作家出版社
社　　址：北京农展馆南里 10 号　　邮　　编：100125
电话传真：86-10-65930756（出版发行部）
　　　　　86-10-65004079（总编室）
　　　　　86-10-65015116（邮购部）
E-mail:zuojia @ zuojia.net.cn
http://www.haozuojia.com（作家在线）
印　　刷：北京明月印务有限责任公司
成品尺寸：142×210
字　　数：180 千
印　　张：7
版　　次：2017 年 11 月第 1 版
印　　次：2019 年 2 月第 3 次印刷
ISBN 978-7-5063-9455-0
定　　价：35.00 元

目 录
CONTENTS

1

自　序

有一位朋友在学插花，是日本某一流派的花艺。

我对日本人的花艺一向没有好感，因为那被称为花艺的，正好是集匠气与矫作于一炉。因此，我对潇洒且大而化之的朋友，竟去学日式插花觉得格外好奇。朋友告诉我，那看起来僵化的日式插花，其实只是一种格式，是性格与观点的锤炼，对于学得通达的人，不但仍有极大的创作空间，还能激发出人的潜力。她说："插花和禅一样，表面上有最严苛的形式，事实是在挖掘最大的自由，你不觉得，只有最严格的训练才有最自由的资格吗？"

朋友的话给我不小的启示，原来插花也是"绝地逢生"的事。凡是绝地逢生就如悬崖断壁上开出的兰花，或污泥秽地清放的莲花，或是漠漠黄沙里艳红的仙人掌花一般，既刺人眼目，又具有禅的精神。什么事到了最高、最绝、最惊人，就被俗人看成禅意了。

于是，种花的说他的花里有禅，泡茶的说他的茶里有禅，捏

1

壶的说他的壶里有禅，做生意的说他的企业以禅来管理，玩股票的人劝人要如如不动，连搞政治的都说他是以平常心来搞政治……对的，这些可能可以通向禅，但禅不应只是如此，因为禅虽然在生活中，禅心却是在清高的峰顶，犹如白云飘过的青空，或闪电后开在天空的明亮之花，不应该随便被俗情遮埋。

禅有时在俗情里，但不应以俗眼观看。

就像学插花的朋友，说起她学插花获益最大的一件事。

她说："我刚学插花时，老师教怎么插，我们就怎么插，三个月以后我才发现，老师每次插的花不是一朵、三朵、五朵，就是七朵、九朵，几乎没有二四六八的。我心里起了疑情，双双对对不是很好吗？为什么插花都要单数呢？我很慎重地去问老师，那位日本老师说，一三五七九是单数，插出来的花叫作'生花'，就是有希望的花，由于不圆满，才显得有希望。双双对对的插花是'死花'，因为太满了。我听了好感动，留一些缺憾，有一点理想不能完成，永远留下一丝丝不足才是最美的呀！"

缺憾有时比圆满更美，真是不可思议，朋友的话使我想起为什么菩萨要留一丝有情在人间，而且一直在苦难的煎熬中游化。菩萨之所以比声闻缘觉更美更动人，那是他们在乎，在乎一切的有情，由于这样的在乎，追求事事圆满倒不是菩萨的志向，菩萨的志向是恒常保持一个有希望的观点，生生不息。

我还有一个朋友，学校毕业很久了都找不到一份理想的工作，在工作上简直是颠沛流离，弄得全家人都为他的工作烦心。他的祖母竟为他的工作许了一个愿："希望菩萨保佑我的孙儿找到好工作，如果他找到好工作，我死也无憾。"

结果，祖母不久生病了，他为了去应征一份自己最渴求的工作而无暇顾及祖母；祖母死的那一天下午，他接到梦寐以求的录取通知。朋友说他一边流泪，一边茫然地看录取通知，他说："如果祖母还活着，我宁可去做最粗贱的工作。"朋友说，他当时的心情用四个字可以形容，就是"悲欣交集"。

"悲欣交集"原是弘一大师的遗偈，用自己的生命体会起来真有惊心动魄之感。悲欣交集不是一个空句子，而是生命的总其成，我们每天不都是悲欣交集吗？每月每年不都是悲欣交集吗？悲与欣有如形与影，几乎是不可分割的。我为了安慰朋友，曾试写一偈：

欢喜平安日
感恩忧患时

我们能平安过日，固然应该欢喜，但在忧患时更不应失去感恩的心，因为如果没有此忧患时的感恩，我们何能真切体会平安的欢喜呢？生命里的悬崖断壁、污泥秽地、漠漠黄沙都是忧患。在感恩里，却开出了幽兰、清莲、仙人掌花，如果能把忧患之美移植，大部分日子就可以平安而欢喜了。

有一次，我因为个人生命的苦厄，去请教我的老师，她告诉我四字："受苦真好"！

受苦的好，在于一个人如果没有真正受苦，就无法会意真实的喜乐；在于有大痛苦的人，才能得到大解脱；在于菩萨畏因不畏果，凡夫畏果不畏因。如果用佛教的观点来看，受苦是慈悲心和智慧心勇猛生起的激素。自己受苦，使我们生出菩提；看别人受苦，使我们悲心流露。只有在真实深刻的苦痛里，菩萨才会刻骨铭心地立下拯救众生的悲愿，唯有菩萨从深陷的泥泞中拔出双足，才有机会认识到众生深陷泥泞的无力、无奈与无助！

受苦时流的泪滋润了我们的悲心，灌溉了我们的智慧，坚固了我们的志愿，拉拔了我们的力行。从最低最低的角度看，是消除了我们的业障、增长了我们的福慧！

呀！受苦真好！

生命不能没有风雨，风雨来时又如何？

不要阻止风，应将此身化为风；

不要制止雨，应将此身化为雨。

日本密教祖师空海大师如是说。他告诉那些苦难的人说，不要担心风雨来袭，重要的是把心中的阳光唤起。他更悲切地说："没有此世岂有彼世，逃避今生何有来生？"是的，此世今生就是不可逃避的，风风雨雨也是不可避免的。曾经有一位陶艺家，把他父亲的骨灰磨碎合着瓷土，烧成一个美丽的白花瓷瓶，认为那是纪念父亲最好最纯净的方式。因为父亲生前最期待他成为杰出的陶艺家，他做到了，父亲骨灰做成的花瓶，象征着今生的面对与不朽的期待。

这位陶艺家在记者访问他时，说："我希望捏一个最美丽的陶罐，来装自己的骨灰！"

多么美而动人的回答，只有看清人世的人才说得出来，这使我想起憨山禅师的山居诗：

生理元无住，流光不可攀；

谁将新岁月，换取旧容欢？

在岁月之流里，没有什么是可以攀附的，愈早看清这种真实，愈能诚挚地面对自己的今生。我们每一个人都会有一个陶罐来装自己的骨灰，何不及早捏一个最美丽的陶罐呢？

投生到这个世界，没有一个人可以事事如意，唯有悲智双运的人能以如意的态度来面对世界，事事如意或者可以看成是插花里的"生花"，永远抱持希望；或者可以说是"受苦真好"，背后有着广大的悲愿。

我欢喜一首流行歌曲中的一句"也许没有也许"，译成佛经就是"法尔如是"，生命的欢喜忧患，如意或不如意，如是观如是行，不只是"也许没有也许"，根本不需要去分辨那个也许。

这一册《如意菩提》所要表达的正是如此，只要我们唤起心中的阳光，就能在在处处都有法味。平安处有禅悦，动乱里何尝没有法喜呢？用如意的、光明的、广大的心来对应生活，活着一日就尽一日的本分，无怨无悔，对心对境，不为俗情遮埋，如是而已。

写《如意菩提》时，我的生活正面临极大的动荡，感谢妻子小銮，为了护持我写作"菩提系列"，她承担了许多病苦，因此"菩提系列"如果有什么功德，我愿全数回向给她。

感谢我的老师廖慧娟，"受苦真好"就是她的教化，但愿我

5

所做的一切光明都全数回向给她和她的家人。

感谢"法如"的同修慈悲护持，但愿我所行的一切光明全数回向给他们。

但愿我所行的一切光明全数回向给我的母亲林潘秀英和先父林后发。

但愿我所行的一切光明全数回向给法界一切众生。

《华严经》说：

> 譬如暗中宝，无灯不可见，
> 佛法无人说，虽慧莫能了。

让我们在这苦难的人世中互相点灯，来看黑暗中的至宝吧！

最后，让我们随着普贤菩萨来发愿：

> 十方所有诸众生
> 愿离忧患常安乐
> 获得甚深正法利
> 灭除烦恼尽无余

林清玄

一九八八年元月二日

于台北永吉路客寓

"菩提十书"新序
——致大陆读者

一花一净土，一土一如来

三十岁的时候，在世俗的眼光里，我迈入了人生的峰顶。

我得到了所有重要的文学奖项，我写的书都在畅销排行榜上，我在报纸杂志上有十八个专栏。

我在一家最大的报社，担任一级主管，并兼任一家电视台的主管。我在一家最大的广播公司主持每天播出的带状节目，还在一家电视台主持每周播出的深入报道节目。

我应邀到各地的演讲，一年讲二百场。

"世俗"的成功，并未带给我预期的快乐，反而使我焦虑、彷徨、烦恼，睡眠不足，食不知味。

我像被打在圆圈中的陀螺，不停地旋转，却没有前进的方向，也不知道什么时候会倒下来。

有一天，我在报社等着看大样，发现抽屉里有一本朋友送我的书《至尊奥义书》，有印度的原文，还有中文解说。

随意翻阅，一段话跳上我的眼睛：

"一个人到了三十岁，应该把所有的时间用来觉悟。"

我好像被人打了一拳，我正好三十岁，不但没有把所有的时间用来觉悟，连一分钟的觉悟也没有，觉悟，是什么呢？

再往下翻阅：

"到了三十岁，如果没有把全部的时间用来觉悟，就是一步一步地走向死亡的道路！"

我从椅子上跳起来，感到惊骇莫名，自己正一步一步走向死亡的道路还不自知呀！

从那一个夜晚开始，我每天都在想：觉悟是什么？要如何走向觉悟之路？

一个月后，我停止了主持的广播节目和电视节目，也停止了大部分的专栏。

三个月后，我入山闭关，早上在小屋读经打坐，下午在森林散步，晚上读经打坐。

我个人身心的变化，可以用"革命"来形容，为了寻找觉悟，我的人生已经走向完全不同的路向。

走上独醒与独行的路

那一段翻天覆地的改变，经过近三十年了，虽说已云淡风轻，但每次思及当时的毅然决然，依然感到震动。

我的全身心都渴求着"觉悟"，这种渴求觉悟的内在骚动，使我再也无法安住于世俗的追求了。

　　虽然，"觉悟"于我只是一个模糊的概念，分不清是净土宗觉悟到世间的秽陋，寻找究竟的佛国，或者是密宗觉悟到佛我一体的三密相应，或者是华严宗觉悟到世界即是法界，庄严世界万有，或者是天台宗觉悟到真理是普遍存在的，一色一香，无非中道！

　　我的"觉悟"最接近的是禅宗的"顿"，是"佛性的觉醒"，是不论我们沉睡了多么长的时间，醒来都只是短暂的片刻。

　　很庆幸，我在三十岁的某一个深夜，醒来了！

　　也就是在那个醒来，我开始写作第一本菩提的书《紫色菩提》，我会再提笔写作，是因为"佛教的思想这么好，知道的人却这么少"，希望用更浅白的文字来讲佛教思想。

　　其次是理解到，佛教的修行不离于生活，禅宗的修行从来不是贵族的，它自始至终都站在庶民大众的身边。它的思想简明易懂又容易修行，它不墨守成规，对经论采取自由的态度。

　　自从百丈之后，耕田、收成、运水、搬柴，乃至吃饭、喝茶，禅的修行深入于生活的每一个细节。

　　如果能在觉悟的过程，将生活、读书、修行、写作冶成一炉，应该可以创造一些新的思想吧！

　　我的"菩提系列"就是在这种心情下开始创作的，我的闭关内容也有了改变，早上读经打坐，下午在森林经行，晚上则伏案写作。

　　经过近十年的时间，总共写了十本"菩提"，当时在台湾交由九歌出版社出版，引起读书界的轰动，被出版业选为"四十年来最畅销及最有影响力的书"。

后来，授权给北京的作家出版社，出版了简体字版，也是轰动一时，成为许多大陆青年的床头书。

三十年前，我的人生走向了一条分叉的路，如果在世俗的轨道继续向前走，走向人群熙攘的路，会是如何呢？

我走上了人迹罕至的路，走上了独行与独醒的路，到如今还为了追寻更高的境界，努力不懈。

我能无悔，是因为步步留心，留下了"菩提系列""禅心大地系列""现代佛典系列""身心安顿系列"，《打开心内的门窗》《走向光明的所在》……

我确信，对于彷徨的现代人，这些寻找觉悟之道的书，能使他们得到启发，在世俗的沉睡中醒来。

学习看见自己的心

"觉悟"在生命里是神奇的，正是"千年暗室，一灯即明"，不管黑暗有多久，沉睡了多么长的时间，只要点燃了一盏小小的灯火，一切就明明白白、无所隐藏！

"觉悟"不只是张开心眼来看世界，使世界有全新的面目；也是跳出自我的执着，从一个全新的眼睛，来回观自己的心、自己的爱、自己的人生。

"觉"是"学习来看见"，"悟"是"我的心"，最简明地说，"觉悟"就是"学习看见自己的心"。

"觉悟"乃是与"菩提"连成一线的,《大日经》说:"云何菩提,谓如实知自心。"

这是为什么我在写"菩提系列"时,把书名定为"菩提"的原因,它缘于觉悟,又涵盖了觉悟,它涵容了佛教里一些"无法翻译"的内涵,例如禅那、般若、三昧、南无、波罗蜜多等等。

"菩提"在正统的佛教概念里,原是"断绝世间烦恼而成就涅槃智慧"的意思,但由于它的不译,就有了无限的延展和无限的可能。

我想要书写的,其实很简单,不只是佛教的修行能改变人生,就在我们生活里,也有无限延展和无限可能。

"菩提"的具体呈现是"菩提萨埵",也就简称"菩萨","菩提"是"觉","萨埵"是"有情"。

"觉有情"这三个字真美,我曾写过一本书《以有情觉有情》,来阐明这个道理:菩萨的行履过处,正是以更深刻的情感来使有情的众生得到觉悟,而每一个有情时刻都是觉悟的契机。

生活是苦难的,生命是无常的,但即使是最苦的时候,都能看见晚霞的美丽;最艰难的日子,都能感受天空的蔚蓝与海洋的辽阔。纵是最无常的历程,小草依然翠绿,霜叶还是嫣红。

道由白云尽,春与青溪长;时有落花至,远随流水香。白云与青溪,落花与流水,都是长在的,并不会随着因缘的变幻、生命的苦谛而失去!

"菩提十书"写的正是这种心事,恰如庞蕴居士说的"一念心清净,处处莲花开;一花一净土,一土一如来",生命里若还有阴晴不定，生活里若还有隐晦不明，那是因为我们还没有触事遇缘都生起菩提呀！

我把"菩提十书"重新授权给大陆出版，时光流变已过半甲子，年华渐老、思想如新，祈愿读者在这套书中，可以触到觉悟与菩提的契机！

林清玄

二〇一二年秋天

台北清淳斋

卷一　波罗蜜

一　朝

十二岁的时候，第一次读《红楼梦》，似懂非懂，读到林黛玉葬花的那一段，以及她的《葬花词》，里面有这样几句：

尔今死去侬收葬，未卜侬身何日丧？
侬今葬花人笑痴，他年葬侬知是谁？
试看春残花渐落，便是红颜老死时。
一朝春尽红颜老，花落人亡两不知！

那是我第一次感受到落花也会令人忧伤，而人对落花也像待人一样，有深刻的情感。那时当然不知道林黛玉的自伤之情胜过于花朵的对待，但当时也起了一点疑情，觉得林黛玉未免小题大做，花落了就是落了，有什么值得那样感伤，少年的我正是"侬今葬花人笑痴"那个笑她的人。

我会感到葬花好笑是有背景的，那时候父亲为了增加家用，在田里种了一亩玫瑰，因为农会的人告诉他，一定有那么一天，一朵玫瑰的价钱可以抵上一斤米。可惜父亲一直没有赶上一朵玫瑰一斤米的好时机，二十几年前的台湾乡下，根本不会有人神经到去买玫瑰来插。父亲的玫瑰是种得不错，却完全滞销，弄到最后懒得去采收了，一时也想不出改种什么，玫瑰田就荒置在那里。

我们时常跑到玫瑰田去玩，每天玫瑰花瓣，黄的、红的、白的落了一地，用竹扫把一扫就是一畚箕，到后来大家都把扫玫瑰田当成苦差事，扫好之后顺手倒入田边的旗尾溪，千红万紫的玫瑰花瓣霎时铺满河面，往下游流去，偶尔我也能感受到玫瑰飘逝的忧伤之美，却绝对不会痴到去葬花。

不只玫瑰是大片大片地落，在我们山上，春天到秋天，坡上都盛开着野百合、野姜花、月桃花、美人蕉，有时连相思树上都是一片白茫茫，风吹来了，花就不可计数地纷飞起来。山上的孩子看见落花流水，想的都是节气的改变，有时候压根儿不会想到花，更别说为花伤情了。

只有一次为花伤心的经验，是有一年父亲种的竹子突然有十几丛开花了，竹子花真漂亮，细致的、金黄色的，像满天星那样怒放出来，父亲告诉我们，竹子一开花就是寿限到了，花朵盛放之后，就会干枯，死去。而且通常同一母株育种的竹子会同时开花，母亲和孩子会同时结束生命。那时我每到竹林里看极美丽绝尘不可逼视的竹子花就会伤心一次，到竹子枯死的那一阵子，总会无端地落下泪来，不过，在父亲插下新枝后，我的伤心也就一扫而空了。

多几次感受到竹子开花这样的经验，就比较知道林黛玉不是神经，只是感受比常人敏锐罢了，也慢慢能感受到"昨宵庭外悲歌发，知是花魂与鸟魂？花魂鸟魂总难留，鸟自无言花自羞。愿侬此日生双翼，随花飞到天尽头。天尽头，何处有香丘？未若锦囊收艳骨，一抔净土掩风流，质本洁来还洁去，不教污淖陷渠沟"那种借物抒情，反观自己的情怀。

长大一点，我更知道了连花草树木都与人有情感、有因缘，为花草树木伤春悲秋，欢喜或忧伤是极自然的事，能在欢喜或悲伤时，对境有所体会观照，正是一种觉悟。

最近又重读了《红楼梦》，就体会到花草原是法身之内，一朵花的兴谢与一个人的成功失败并没有两样，人如果不能回到自我，做更高智慧之追求，使自己明净而了知自然的变迁，有一天也会像一朵花一样在无知中凋谢了。

同时，看一片花瓣的飘落，可以让我们更深地感知无常，正如贾宝玉在山坡上听见黛玉的葬花诗"不觉恸倒山坡上，怀里兜的落花撒了一地"。那是他想到黛玉的花容月貌终有无可寻觅之时，又推想到宝钗、香菱、袭人亦会有无可寻觅之时，当这些人都无可寻觅，自己又安在呢？自身既不知何在何往，将来斯处、斯园、斯花、斯柳，又不知当属谁姓！

看看这种无常感，怎么能不恸倒在山坡上？我觉得，整部《红楼梦》就在表达"人生如梦"四字，这是一种无可如何的无常，只是借黛玉葬花来说，使我们看到了无常的焦点。《红楼梦》还有一支曲子，我非常喜欢，说的正是无常：

"为官的，家业凋零；富贵的，金银散尽；有恩的，死里逃生；无情的，分明报应。欠命的，命已还；欠泪的，泪已尽；冤冤相报自非轻，分离聚合皆前定，欲知命短问前生，老来富贵也真侥幸。看破的，遁入空门；痴迷的，枉送了性命；好一似食尽鸟投林，落了片白茫茫大地真干净。"

从落花而知大地有情，这是体会；从葬花而知无常苦空，这是觉悟；从觉悟中知道万法了不可得，应该善自珍摄，不要空来人间一回，这就是最初步的菩提了。读《红楼梦》不也能使我们理解到青原惟信禅师说的"三十年前见山是山，见水是水。及后亲见亲知，有个入处，见山不是山，水不是水。如今得个休歇处，依旧见山只是山，见水只是水"的过程吗？

相传从前有一位老僧，经卷案头摆了一部《红楼梦》，一位居士去拜见他，感到十分惊异问他："和尚也喜欢这个？"

老僧从容地说："老僧凭此入道。"

这虽是传说，但也不无道理，能悟道的，黄花翠竹、吃饭睡觉、瓦罐瓶杓都会悟道了，何况是《红楼梦》！

虽然《红楼梦》和"悟道"没有必然关系，但只要时时保有菩提之心，保有反观的觉性，就能看出在言情之外言志的那一部分，也可以看到隐在小儿女情意背后那广大的空间。

知悉了大地有情、觉悟了无常苦空、体会了山水的真实、保有了清明的菩提，我们如何继续前行呢？正是"一朝春尽红颜老"的那个"一朝"，是"万古长空，一朝风月"的"一朝"，是知道"放弃今日就没有来日，不惜今生就没有来生"！是"此身不向今生度，更待何生度此身"！是"当下即是"！是"人圆即佛成"！

那么就在每一个"一朝"中保有菩提，心田常开智慧之花，否则，像竹子一样要等到临终才知道盛放，就来不及了。

油面摊子

家附近有一担卖油面的小摊子，我平常并不太注意，有一回带孩子散步路过，看到生意极好，所有的椅子都坐满了人。

我和孩子驻足围观，这时见到卖面的小贩，把油面放进烫面用的竹捞子里，一把塞一个，刹那之间就塞了十几把，然后他把叠成长串的竹捞子放进锅里烫。

接着，他以迅雷不及掩耳的速度，将十几个碗一字排开，放作料、盐、味素等等，很快地捞面、加汤，十多碗面煮好的过程还不到五分钟，我和孩子都看呆了。更令人赞叹的是，那个煮面的老板还边煮边与顾客聊着闲天。

在我们从面摊离开的时候，孩子突然抬起头来说："爸爸，我猜如果你和卖面的老板比赛卖面，你一定输！"

对于孩子突如其来的谈话，我感到莞尔，并且立即坦然承认，我一定输给卖面的人。我说："不只会输，而且会输得很惨，这个世界上能赢过卖面老板的人大概也没有几个。"

后来我和孩子谈起了，他的爸爸在这世界上是输给很多人的。

接下来的几天，就玩着游戏一样，我带着孩子到处去看工作中的人，我们在对角的豆浆店看伙计揉面粉做油条，看油条在锅中胀大而充满神奇的美感，我对孩子说："爸爸比不上炸油条的人。"

我们到街角的饺子店，看一位山东老乡包饺子，他包饺子就如同变魔术一样，动作轻快，双手一捏，个个饺子大小如一，煮出来晶莹剔透，我对孩子说："爸爸比不上包饺子的人。"

我们在市场边看见一个削梨子与芭乐的小贩，他把水果削好切片，包成一袋一袋准备推到戏院去卖，他削水果时，刀子如同自手中长出，动作又利落、又优美，我对孩子说："爸爸比不上削水果的人。"

就在我们生活四周，到处都是我比不上的人，这些市井小人物，他们过着单纯的生活，对生命有着信心与希望，他们的手艺固然简单，却非数十年的锻炼不能得致。

当我们放眼这个世界的时候，如果以自我为中心，很可能会以为自己是顶尖人物，一旦我们把狂心歇息下来，用赤子之心来观照，就会发现自己是多渺小，在人群之中，若没有整个市井的护持，我们连吃一套烧饼油条都成问题呀！这是为什么连圣贤都感叹地说"吾不如老农，吾不如老圃"的缘故，我们什么时候能看清自己不如人的地方，那就是对生命有真正信心的时候。

看到人们貌似简单，事实上不易的生活动作时，我觉得每一个人都值得给予最大的敬意，努力生活的人们都是可敬佩的。他们不用言语，而以动作表达了对生命的承担。

承担，是生命里最美的东西！

我时常想，我们既然生而为人，不是草木虫鱼，就要承担，安然接受人生可能发生的一切，除了安然地面对，还能保持觉性，就是菩提了。一般人缺少的正是觉悟的菩提罢了。

在古印度人传统的观念里，认为只要是两条河交汇的地方一定是圣地，这是千年智慧累积所得到的结论。假如我们把这个观念提炼出来，人生何尝不是如此，在人与人相会面的那一刻，如果都有很好的心来相印，互相对流，当下自己的心就是圣地了。

油面摊子是圣地，豆浆店是圣地，饺子馆是圣地，水果摊是圣地……到处都是圣地，只看我们有没有足够神圣的心来对应这些人、这些地方。当然，在我们以神圣的心面对世界时，自己就有了承担，也就成为值得敬佩的人之一。

我带着孩子观察了许多人以后，孩子感到疑惑，他问："爸爸，那么你有什么可以比得上别人呢？"

我说："如果比写文章，爸爸可能会比得上那卖油面的老板吧！"

孩子说："也不会，油面老板几分钟煮好十几碗面，爸爸要很久才写完一篇文章！"

父子俩相对大笑，是呀！这世界有什么东西可以相比，有什么人可以相比呢？事实上，所有的比较都是一种执着！

只手之声

如果要我选一种最喜欢的花的名字，我会投票给一种极平凡的花："含笑"。

说含笑花平凡是一点也不错，在乡下，每一家院子里它都是不可少的花，与玉兰、桂花、七里香、九重葛、牵牛花一样，几乎是随处可见，它的花形也不稀奇，拇指大小的椭圆形花隐藏在枝叶间，粗心的人可能视而不见。

比较杰出的是它的香气，含笑之香非常浓盛，并且清明悠远，邻居家如果有一棵含笑开花，香气能飘越几里之远，它不像桂花香那样含蓄，也不如夜来香那样跋扈，有点接近玉兰花之香，潇洒中还保有风度，维持着一丝自许的傲慢。含笑虽然十分平民化，香味却是带着贵气。

含笑最动人的还不是香气，而是名字，一般的花名只是一个代号，比较好的则有一点形容，像七里香、夜来香、百合、夜昙都算是好的。但很少有花的名字像含笑，是有动作的，所谓含笑，是似笑非笑，是想笑未笑，是含羞带笑，是嘴角才牵动的无声的笑。

记得小时候有一次看见含笑开了，我从院子跑进屋里，见到人就说："含笑开了，含笑开了！"说着说着，感觉那名字真好，让自己的嘴也禁不住带着笑，又仿佛含笑花真是因为笑而开出米白色没有一丝杂质的花来。

第一位把这种毫不起眼的小白花取名为"含笑"的人，是值得钦佩的，可想而知，他一定是在花里看见了笑意，或者自己心里饱含喜悦，否则不可能取名为"含笑"。

含笑花不仅有象征意义，也能贴切说出花的特质，含笑花和别的花不同，它是含苞时最香，花瓣一张开，香气就散走了。而且含笑的花期很长，一旦开花，从春天到秋天都不时在开，让人感觉到它一整年都非常喜悦，可惜含笑的颜色没有别的花多彩，只能算含蓄地在笑着罢了。

知道了含笑种种，使我们知道含笑花固然平常，却有它不凡的气质和特性。

但我也知道，"含笑"虽是至美的名字，这种小白花如果不以"含笑"为名，它的气质也不会改变，它哪里在乎我们怎么叫它呢？它只是自在自然地生长，并开花，让它的香远扬而已。

在这个世界上，许多事物都与含笑花一样，有各自的面目，外在的感受并不会影响它们，它们也从来不为自己辩解或说明，因为它们的生命本身就是最好的说明，不需要任何语言。反过来说，当我们面对没有语言、沉默的世界时，我们能感受到什么呢？

在日本极有影响力的白隐禅师，他曾设计过一则公案，就是"只手之声"，让学禅的人参一只手有什么声音。后来，"只手之声"成为日本禅法重要的公案，他们最爱参的问题是："两掌相拍有声，如何是只手之声？"或者参："只手无声，且听这无声的妙音。"

我们翻看日本禅者参"只手之声"的公案，有一些真能得到启发，例如：

老师问："你已闻只手之声，将作何事？"

学生答："除杂草，擦地板，师若倦了，为师按摩。"

老师问："只手的精神如何存在？"

学生答："上挂三十三天之顶，下抵金轮那落之底，充满一切。"

老师问："只手之声已闻，如何是只手之用？"

学生答："火炉里烧火，铁锅里烧水，砚台里磨墨，香炉里插香。"

老师问："如何是十五日以前的只手，十五日以后的只手，正当十五日的只手？"

学生伸出右手说："此是十五日以前的只手。"

伸出左手说："此是十五日以后的只手。"

两手合起来说："此是正当十五日的只手。"

老师问："你既闻只手之声，且让我亦闻。"

学生一言不发，伸手打老师一巴掌。

一只手能听到什么声音呢？在一般人可能是大的迷惑，但禅师不仅听见只手之声，在最广大的眼界里从一只手竟能看见华严境界的四法界（理法界、事法界、理事无碍法界、事事无碍法界），有禅师伸出一只手说："见手是手，是事法界。见手不是手，是理法界。见手不是手，而见手又是手，是理事无碍法界。一只手忽而成了天地，成了山川草木森罗万象，而森罗万象不出这只手，是事事无碍法界。"

可见一只手真是有声音的！日本禅的概念是传自中国，中国禅师早就说过这种观念。例如云岩禅师问道吾禅师说：

"大悲菩萨用许多手眼做什么？"

道吾说："如人夜半背手摸枕子。"

云岩说："我会也！"

道吾："汝作么生会？"

云岩说："遍身是手眼！"

道吾："道太煞道，只道得八成。"

云岩说："师兄作么生？"

道吾说："通身是手眼！"

通身是手眼，这才是禅的真意，哪须仅止于只手之声？

从前，长沙景岑禅师对弟子开示说："尽十方世界是沙门一只眼，尽十方世界是沙门全身，尽十方世界是自己光明，尽十方世界在自己光明里，尽十方世界无一人不是自己。"这岂止是一只手的声音！十方世界根本就与自我没有分别。

一只手的存在是自然，一朵含笑花的开放也是自然，我们所眼见或不可见的世界，不都是自然地存在着吗？

即使世界完全静默，有缘人也能听见静默的声音，这就是"只手之声"，还有只手的色、香、味、触、法。在沉默的独处里，我们听见了什么？在噪闹的转动里，我们没听见的又是什么呢？

有的人在满山蝉声的树林中坐着，也听不见蝉声；有的人在哄闹的市集里走着，却听见了蝉声。对于后者，他能在含笑花中看见饱满的喜悦，听见自己的只手之声；对于前者，即使全世界向他鼓掌，也是惘然，何况只是一朵花的含笑呢!

不是茶

日本茶道大师千利休，是日本无人不晓的历史人物，他的家教非常成功，千利休家族传了十七代，代代都有茶道名师。

千利休家族后来成为日本茶道的象征，留下来的故事不计其数，其中有三个故事我特别喜欢。

千利休到晚年时，已经是公认的伟大茶师，当时掌握大权的将军秀吉特地来向他求教饮茶的艺术，没想到他竟说饮茶没有特别神秘之处，他说："把炭放进炉子里，等水开到适当程度，加上茶叶使其产生适当的味道。按照花的生长情形，把花插在瓶子里。在夏天的时候使人想到凉爽，在冬天的时候使人想到温暖，没有别的秘密。"

发问者听了这种解释，便带着厌烦的神情说，这些他早已知道了。千利休厉声地回答说："好！如果有人早已知道这种情形，我很愿意做他的弟子。"

千利休后来留下一首有名的诗，来说明他的茶道精神：

先把水烧开，

再加进茶叶，

然后用适当的方式喝茶，

那就是你所需要知道的一切，

除此以外，茶一无所有。

这是多么动人，茶的最高境界就是一种简单的动作、一种单纯的生活，虽然茶可以有许多知识学问，在喝的动作上，它却还原到非常单纯有力的风格，超越了知识与学问。也就是说，喝茶的艺术不是一成不变的，随着每个人的个性与喜好，用自己"适当的方式"，才是茶的本质。如果茶是一成不变，也就没有"道"可言了。

另一个动人的故事是关于千利休教导他的儿子。日本人很爱干净，日本茶道更有着绝对一尘不染的传统，如何打扫茶室因而成为茶道艺术极重要的传承。

传说当千利休的儿子正在洒扫庭园小径时，千利休坐在一旁看着。当儿子觉得工作已经做完的时候，他说："还不够清洁。"儿子便出去再做一遍，做完的时候，千利休又说："还不够清洁。"这样一而再，再而三地做了许多次。

过了一段时间，儿子对他说："父亲，现在没有什么事可以做了。石阶已经洗了三次，石灯笼和树上也洒过水了，苔藓和地衣都披上了一层新的青绿，我没有在地上留下一根树枝和一片叶子。"

"傻瓜，那不是清扫庭园应该用的方法。"千利休对儿子说，然后站起来走入园子里，用手摇动一棵树，园子里霎时间落下许多金黄色和深红色的树叶，这些秋锦的断片，使园子显得更干净宁谧，并且充满了美与自然，有着生命的力量。

千利休摇动的树枝，是在启示人文与自然和谐乃是环境的最高境界，在这里也说明了一位伟大的茶师是如何从茶之外的自然得到启发。如果用禅意来说，悟道者与一般人的不同也就在此，过的是一样的生活，对环境的观照已经完全不一样，他能随时取得与环境的和谐，不论是秋锦的园地或瓦砾堆中都能创造泰然自若的境界。

还有一个故事是关于千利休的孙子宗旦，宗旦不仅继承了父祖的茶艺，对禅也极有见地。

有一天，宗旦的好友京都千本安居院正安寺的和尚，叫寺中的小沙弥送给宗旦一枝寺院中盛开的椿树花。

椿树花一向就是极易掉落的花，小沙弥虽然非常小心地捧着，花瓣还是一路掉下来，他只好把落了的花瓣拾起，和花枝一起捧着。

到宗旦家的时候，花已全部落光，只剩一枝空枝，小沙弥向宗旦告罪，认为都是自己粗心大意才使花落下了。

宗旦一点也没有怨怪之意，并且微笑地请小沙弥到招待贵客的"今日庵"茶席上喝茶。宗旦从席上把祖父千利休传下来的名贵的国城寺花筒拿下来，放在桌上，将落了花的椿树枝插于筒中，把落下的花散放在花筒下，然后他向空花及空枝敬茶，再对小沙弥献上一盅清茶，谢谢他远道赠花之谊，两人喝了茶后，小沙弥才回去向师父复命。

宗旦是表达了一个多么清朗的境界！花开花谢是随季节变动的自然，是一切的"因"；小和尚持花步行而散落，这叫作"缘"；无花的椿枝及落了的花，一无价值，这就是"空"。

从花开到花落，可以说是"色即是空"，但因宗旦能看见那清寂与空静之美，并对一切的流动现象，以及一切的人抱持宽容的敬意，他把空变成一种高层次的美，使"色即是空"变成"空即是色"。

对于看清因缘的人，"色不异空""空不异色"也就不是那么难以领会了。

老和尚、小沙弥、宗旦都知道椿树花之必然凋落，但他们都珍惜整个过程，这就是我们常说的"惜缘"，惜缘所惜的并不是对结局的期待，而是对过程的宝爱呀！

在日本历史上，所有伟大的茶师都是学禅者，他们都向往沉静、清净、超越、单纯、自然的格局，一直到现代，大家都公认不学禅的人是没有资格当茶师的。

因此，关于茶道，日本人有"不是茶"的说法，茶道之最高境界竟然不是茶，从这里也可以看出人们透过茶，是在渴望着什么，简单地说，是渴望着渺茫的自由，渴望着心灵的悟境，或者渴望着做一个更完整的人吧！

不着于水

近一两年，花市里普遍的都可以买到莲花了，有的花店，用几个大瓮装莲花，摆成一列放在架上，每一个瓮装一种颜色，金黄、清紫、湛蓝、纯白、粉红的莲花，五色明媚，使人走过时仿佛置身莲花池畔。

把心放平静了，把呼吸调细致一些，就会有莲花的香气从众花之中穿越出来，不愧是王者之香，即使是最浓烈的野姜花之香气，也丝毫不能掩盖那清冽的、悠远的、不染一丝尘土的清净之香。

花香里以莲香最为第一，虽然我也喜欢别的花香，但如果仔细品过莲花的香气就会知道，唯有莲花的香气可以与我们的心灵等高，或者说，唯有莲花才能使我们从尘世的梦中之梦，闻到一些超尘的声息，甚而悟到身外之身。

当学生的时候，我就常常为了看莲花，不惜翻山越岭。最近的莲花是长在南海学园里，坐在历史博物馆小贩卖部的角落，叫一杯品质不是很好的清茶，就可以从俯视的角度看植物园的千花齐放，在风华中翻转。那时感觉到连品质粗劣的清茶也好起来了，手中不管握的是什么书，总也有了书香。

有时会想，一杯茶、一卷书，还少了一炉香，如果有最好的水沉香，则人间可以无憾。有一次午后，突然悟到，如果能真正地进入莲花，则心中自有水沉香，还需要什么香呢？

这是远观，还不能真知道莲花之香。

去年秋天，我到南仁山去，借住南仁湖畔的养牛人家，牛户在竹林里种了一片莲花，有粉红与纯白两种。清晨时分，我借了竹筏撑到竹林外系住，穿林过水走到湖岸，坐在湖边看莲花在晨光中开起，然后莲香自花苞中散出来，由于竹林的围绕，香气盘桓，久久都不逸去。

那是杳无人迹的地方，空气清甜、和风沉静、湖山明澈，有丝丝莲花的香味突然飘荡起来，可想而知是多么动人！我在草坡上坐了一个上午，感觉到连自己的呼吸都有莲花的香味，惊奇地想：是不是人也可以坐成一株莲花呢？

怪不得在佛教里，把莲花当成是第一供养，是供养佛菩萨最尊贵的花；又把人见到自性譬喻成从污泥中开出不染的莲花；甚至用来比喻妙法正法，最伟大的一乘教化经典，名字就叫"妙法莲华经"……这些，在南仁湖的清晨，都使我切身地体会到了。如果不是莲花这样华果具多、华宝具足、华开莲现、华落莲成，一般俗花如何能比喻妙法呢？

佛经里说，莲花有四德：香、净、柔、可爱。其香深奥悠远、其净出泥不染是我们都知道的，但莲花从花梗、花叶、花瓣都是非常柔软，不小心珍惜，很容易断裂受损，这不也像我们的心一样，如果不细心护惜，一个人的心是很容易受伤的！但易于受伤的心，总比刚强不能调伏的心要好些。

至于可爱，我们有时会觉得兰花俗艳不堪、姜花野性难驯、玫瑰梦幻不实、百合过于吵闹，莲花却没有可挑剔的地方，一株莲花和一群莲花一样，都有宁静、清雅、尊贵、和谐的品质。这世上香花不美、美花不香颇令人感到遗憾，唯有莲花香美俱足，它的香令人清明，它的美使人谦卑。

这样尊贵的花，培植不易，以前的价钱非常昂贵，现在喜欢的人多，莲花也普及起来，一株莲花才十五元台币，如果与花店相熟，有时十元就能买到了。十元买到菩萨与自性最尊贵的供养，真是价廉物美，有时想想，人的佛性也是如此，因为普遍、人人都有，就忘失了它的尊贵。

或者不必供在案前，即使是在花市里、在莲花池，看看莲花，亲近其香，就觉得莲花与自己相应而有着无比的感动。

在晨曦中，看书案前的一盆莲花盛开，在上扬的沉香中，观想自己有莲花开放，或者甚至成为花里的一缕香，这时会想起《阿含经》中说的：莲花生在水中、长在水中、伸出水上，而不着于水。如来生于人间、长在人间、出于人间，而不执着人间的法。心里就震动起来，泫然欲泣，连眼角都有了水意，深信自己虽生于水，总有一天也能像莲花一样不着于水。

在污浊的人世，还能开着莲花，使我们能有清净与温柔的对待真得值得感恩，"一念心清净，处处莲花开；一花一净土，一土一如来。"愿我们在观莲花的时候，也能反观自己的莲花，在我们一念觉悟、一念慈悲、一念清净、一念柔软、一念芬芳、一念恩泽等等菩提心转动的时候，我们的莲花就穿出贪嗔痴慢疑欲望的水面，在光明的晨光中开启了。

当我们像饱含甘露的莲花时，我们就会闻到从我们身体呼出来的最深的芳香！

掌中宝玉

一位想要学习玉石鉴定的青年，听说在远处有一位老年的玉石家，他就不远千里地去向老师傅学艺。

当他见到老师傅，说明了自己学玉的志向，希望有一天能像老师傅一样成为众人仰佩的专家。老师傅拿一块玉给他，叫他捏紧，然后开始给他上中国历史的课程，从三皇五帝夏商周开始讲，讲了几个小时，却一句也没有提到玉。

第二天他去上课，老师傅仍然交给他一块玉叫他捏紧，又继续讲中国历史，一句也不提玉的事。就这样，光是中国历史就讲了几个星期。接着，他向年轻人讲中国的风土人文、哲学思想，甚至生命情操，除了玉石的知识之外，老师傅几乎什么都讲授了。

而且，每天他都叫那个青年捏紧一块玉听课。

经过几个月以后，青年开始着急了，因为他想学的是玉，没有想到却学了一大堆无用的东西，有一天他终于鼓起勇气，希望向老师表明，请老师开始讲玉的学问。

他走进老师的房间，老师仍照往常一样交给他一块玉，叫他捏紧，正要开始谈天的时候，青年大叫起来："老师，您给我的这一块，不是玉！"老师笑起来说："你现在可以开始学玉了。"

这是一位收藏玉的朋友讲给我听的故事，有非常深刻的启示。对于学玉的人，要成为玉石专家，不能光是看石头本身，因为玉石与中国文化是不可分的，没有深厚的文化素养，不可能懂玉。所以老师不先教玉，而先做文化通识的教化，其次，进入玉的世界第一步，是分辨是不是玉，这种分辨不只是知识的累积，常常是直觉的反应。

如果我们把这个故事往人生推进，也可以找到许多深思的角度，一是学习任何事物而成为专家都不是容易的事，必须经过很长时期的训练。二是在成为专家之前，需要通识教育，如果作为中国专家，就要先对历史、人文、哲学、思想、性格有基本的识见，否则光是懂一些普通技术有何意义？三是成为专家的第一步，应该有基本的判断，有是非之观、明义利之辨、有善恶之分，就如同掌中的宝玉，凭着直觉就知道为与不为，这才可以说是进入知识分子的第一步了。

这世界上任何有价值的智能，都不是老师可以一一传授的，完全要依靠自己的体会，老师能教给我们宝玉，能不能分辨宝玉却要靠自己，那是由于宝玉不仅在掌中，也在心中。

每个人的心灵里都有一块宝玉，只是没有被开发，大部分的人不开发自己的宝玉，却羡慕别人手上的玉，就如同一只手隐藏了原有的玉，又伸手向别人要宝物一样，最后就失去了理想的远景和心灵的壮怀了。

　　所以，每天把自己的玉捏一捏，久而久之，不但能肯定自己的价值，也能发现别人的美质，甚至看见整个世界都有着玉石与琉璃的质感。

鸟声的再版

有时候带一部录音机可以做很多事。

清晨，我们可以在临近海边的树林录音，最好是太阳刚刚要升起的瞬间，林间的虫鸟都在准备醒来，林间充满了不同的叫声，吱吱喳喳窸窸窣窣。而太阳升起的那一刻，不仅风景被唤醒，鸟与虫也都唱出了欢声，这早晨在海滨录下的鸟声，真像一个大型的交响乐团，它们正演奏着雄伟而期待着光明的序曲。

午后最好去哪里录音呢？我们选择靠近溪畔的森茂林间，那是夏天蝉声最盛的时候。蝉声在森林里就像一次庞大的歌唱比赛，每一只蝉都把声音唱得最响，偶尔会听见，一只特别会唱的蝉把声音拔到天空，以为是没有路了，它转了一圈，再拔高上去。蝉声和夏天的温度一样，充满了热力。

黄昏时分，我们到海边去录音，海的节奏是轻缓的，以一种广大的包围推送过来，又以一种温和的宽容往后退去，有时候会传来海鸥觅食的叫声，这时最像室内乐了，变化不是太大，但别有细致美丽的风格。

夜晚的时候就要到湖畔的田野间去了，晚上的虫声与蛙鸣一向最热闹，尤其在繁星照耀的夜晚，每一个星光的范围，都有欢愉的声音。划分起来，一半是虫或蟋蟀，一半是蛙与蛤蟆，可以说是双重奏。在生活上，它们是互相吞吃或逃避的，发为声音，反而有一种冲突的美感。

如果不喜欢交响乐、合唱团、室内乐、双重奏，偏爱独奏的话，何不选择有风的时候到竹林去？在竹林里录下的风声，使我们知道为什么许多乐器用竹子做材料，风穿过竹林本身就是一种繁复而丰满的音乐。

在旅行、采访的途中，我随身都会带着录音机，主要的录音对象当然是人了，但也常常录下一些自然的声音，鸟的歌唱、虫的低语、海的潮声、风的呼号……这些自然的声音在录音机里显出它特别的美丽，它是那样自由，却又有结构的秩序；它是那样无为，却又充满生命的活力；它是那样单纯，却有着细腻的变化。每次听的时候，我仿佛又回到自然的现场，坐在林间、山中、海滨、湖畔，随着声音，风景整个重现了，甚至使我清楚地回忆到那一次旅程停留的驿站，以及遇见的朋友，当然，也有一些温暖或清冷的回忆。

常常，我把清晨的鸟声放入录音机，调好自动跳接的时间，然后安然睡去，第二天我就会在繁鸟的欢呼中醒来，感觉就像睡在一座高而清凉的林间。蝉声也是如此，在录音机的蝉声中睡醒，使我想起童年时代的午睡，睡在系着树的吊床，一醒来，蝉声总是扑进耳际。

这些声音的再版，还能随着我们的心情调大调小，在我们心情愉悦时听起来就像大自然为我们欢唱，在我们忧伤之际，听起来仿佛也有悲哀的调子。其实，它们广大而恒久不变，以雄浑的背景反映着我们，让我们能在一种极大的风格中深思，反观自己的内心。

在眼耳鼻舌身意里，我们要从哪一根才能进入智慧呢？从前，我们过分重视意识的思考和眼睛的见解，往往使我们忽视掉听闻外界与自己的声音，嗅及外界与自己的香气，肤触外界与自己的感觉等等，都同样能使我们进入智慧。

我们的观世音菩萨，他正是由耳根进入智慧之门，他的"耳根圆通法门"深深地感动我。观世间菩萨在《楞严经》里说：

　　我从闻思修，入三摩地。初于闻中，入流亡所。所入既寂，动静二相，了然不生。如是渐增，闻所闻尽，尽闻不住。觉所觉空，空觉极圆。空所空灭，生灭既灭。寂灭现前，忽然超越世出世间。十方圆明，获二殊胜：
　　一者，上合十方诸佛本觉妙心，与佛如来同一慈力。
　　二者，下合十方一切六道从生，与诸众生同一悲仰。

观世音菩萨从闻声、思惟、修证，进入空性与觉性浑然一体至极圆明的境界，最后甚至超越世间与出世间所有的境界，使他体证到自己的本性和佛一样，具有大慈大能，也使他体会到六道众生的心虑，而与一切众生同样有悲心的仰止。这从声音来的最高境界，是多么动人！

那从许多地方录下来的声音，不只是心的洗涤，有时真能令我们体会到空明的觉性，知道佛的慈力与众生的悲仰，当我们在最普通的声音听见了觉性的空明，会使我们的心流下清明与感恩的眼泪。

好雪片片

在信义路上，常常会看到一位流浪的老人，即使热到摄氏三十八度的盛夏，他也穿着一件很厚的中山装，中山装里还有一件毛衣。那么厚的衣物使他肥胖笨重有如木桶。平常他就蹲坐在街角，歪着脖子，看来往的行人，也不说话，只是轻轻地摇动手里的奖券。

很少的时候，他会站起来走动。当他站起，才发现他的椅子绑在皮带上，走的时候，椅子摇过来，又摇过去。他脚上穿着一双老式的牛伯伯打游击的大皮鞋，摇摇晃晃像陆上的河马。

如果是中午过后，他就走到卖自助餐摊子的前面一站，想买一些东西来吃，摊贩看到他，通常会盛一盒便当送给他。他就把吊在臀部的椅子对准臀部，然后坐下去。吃完饭，他就地睡午觉，仍是歪着脖子，嘴巴微张。

到夜晚，他会找一块干净挡风的走廊睡觉，把椅子解下来当枕头，和衣，甜甜地睡去了。

我观察老流浪汉很久了，他全部的家当都带在身上，几乎终日不说一句话，可能他整年都不洗澡的。从他的相貌看来，应该是北方人，流落到这南方热带的街头，连最燠热的夏天都穿着家乡的厚衣。

对于街头的这位老人，大部分人都会投以厌恶与疑惑的眼光，小部分人则投以同情。

我每次经过那里，总会向老人买两张奖券，虽然我知道即使每天买两张奖券，对他也不能有什么帮助，但买奖券使我感到心安，并使同情找到站立的地方。

记得第一次向他买奖券那一幕，他的手、他的奖券、他的衣服同样的油腻污秽，他缓缓地把奖券撕下，然后在衣袋中摸索着，摸索半天才掏出一个小小的红色塑胶套，这套子竟是崭新的，美艳得无法和他相配。

老人小心地把奖券装进红色塑胶套，由于手的笨拙，使这个简单动作也十分艰困。

"不用装套子了。"我说。

"不行的，讨个喜气，祝你中奖！"老人终于笑了，露出缺几颗牙的嘴，说出充满乡音的话。

他终于装好了，慎重地把红套子交给我，红套子上写着八个字："一券在手，希望无穷。"

后来我才知道，不管是谁买奖券，他总会努力地把奖券装进红套子里。慢慢我理解到了，小红套原来是老人对买他奖券的人一种感激的表达。每次，我总是沉默耐心等待，看他把心情装进红封套，温暖四处流动着。

和老人逐渐认识后，有一年冬天黄昏，我向他买奖券，他还没有拿奖券给我，先看见我穿了单衣，最上面的两个扣子没有扣。老人说："你这样会冷吧！"然后，他把奖券夹在腋下，伸出那双油污的手，要来帮我扣扣子，我迟疑了一下，但没有退避。

老人花了很大的力气，才把我的扣子扣好，那时我真正感觉到人明净的善意，不管外表是怎么样的污秽，都会从心的深处涌出，在老人为我扣扣子的那一刻，我想起了自己的父亲，鼻子因而酸了。

老人依然是街头的流浪汉，把全部的家当带在身上，我依然是我，向他买着无关紧要的奖券。但在我们之间，有一些友谊，装在小红套，装在眼睛里，装在不可测的心之角落。

我向老人买过很多很多奖券，从未中过奖，但每次接过小红套时，我觉得那一刻已经中奖了，真的是"一券在手，希望无穷"。我的希望不是奖券，而是人的好本质，不会被任何境况所淹没。

我想到伟大的禅师庞蕴说的："好雪片片，不落别处！"我们生活中的好雪、明净之雪也是如此，在某时某地当下即见，美丽地落下，落下的雪花不见了，但灌溉了我们的心田。

清雅食谱

有时候生活清淡到自己都吃惊起来了。

尤其对食物的欲望差不多完全超脱出来，面对别人都认为是很好的食物，一点也不感到动心。反而在大街小巷里自己发现一些毫不起眼的东西，有惊艳的感觉，并慢慢品味出一种哲学，正如我常说的，好东西不一定贵，平淡的东西也自有滋味。

在台北四维路一条阴暗的巷子里，有好几家山东老乡开的馒头铺子，说是铺子是由于它实在够小，往往老板就是掌柜，也是蒸馒头的人。这些馒头铺子，早午各开笼一次，开笼的时候水汽弥漫，一些嗜吃馒头的老乡早就排队等在外面了。

热腾腾、有劲道的山东大馒头，一个才五块钱，那刚从笼屉被老板的大手抓出来的馒头，有一种传统乡野的香气，非常的美味，也非常之结实，寻常一般人一餐也吃不了这样一个馒头。我是把馒头当点心吃的，那纯朴的麦香令人回味，有时走很远的路，只是去买一个馒头。

这巷子里的馒头大概是台北最好的馒头了，只可惜被人遗忘。有的馒头店兼卖素油饼，大大的一张，可蒸、可煎、可烤，和稀饭吃时，真是人间美味。

说到油饼，在顶好市场后面，有一家卖饺子的北平馆，出名的是"手抓饼"，那饼烤出来时用篮子盛着，饼是整个挑松的，又绵又香，用手一把一把抓着吃。我偶尔路过，就买两张饼回家，边喝水仙茶，抓着饼吃，如果遇到下雨的日子，就更觉得那抓饼有难言的滋味，仿佛是雨中青翠生出的嫩芽一样。

说到水仙茶，是在信义路的路摊寻到的，对于喝惯了茉莉香片的人，水仙茶更是往上拔高，如同坐在山顶上听瀑，水仙入茶而不失其味，犹保有洁白清香的气质，没喝过的人真是难以想象。

水仙茶是好，有一个朋友做的冻顶豆腐更好。他以上好的冻顶乌龙茶清焖硬豆腐，到豆腐成金黄色时捞起来，切成一方一方，用白瓷盘装着，吃时配着咸酥花生，品尝这样的豆腐，坐在大楼里就像坐在野草地上，有清冽之香。

有时食物也能像绘画中的扇面，或文章里的小品，音乐里的小提琴独奏，格局虽小，慧心却十分充盈。冻顶豆腐是如此，在南门市场有一家南北货行卖的"桂花酱"也是如此，那桂花酱用一只拇指大的小瓶装着，真是小得不可思议，但一打开桂花香猛然自瓶中醒来，细细的桂花瓣像还活着，只是在宝瓶里睡着了。

桂花酱可以加在任何饮料或茶水里，加的时候以竹签挑出一滴，一杯水就全被香味所濡染，像秋天庭院中桂花盛放时，空气都流满花香。我只知道桂花酱中有蜜、有梅子、有桂花，却不知如何做成，问到老板，他笑而不答。"莫非是祖传的秘方吗？"心里起了这样的念头，却也不想细问了。

桂花酱如果是工笔，"决明子"就是写意了。在仁爱路上有时会遇到一位老先生卖"决明子"，挑两个大篮用白布覆着，前一篮写"决明子"，后一篮写"中国咖啡"。卖的时候用一只长长的木勺，颇有古意。

听说"决明子"是山上的草本灌木，子熟了以后热炒，冲泡有明目滋肾的功效，不过我买决明子只是喜欢老先生买卖的方式。并且使我想起幼年时代在山上采决明子的情景，在台湾乡下，决明子唤做"米仔茶"，夏夜喝的时候总是配着满天的萤火入喉。

对于能想出一些奇特的方法做出清雅食物的人，我总感到佩服，在师大路巷子里有一家卖酸酪的店，老板告诉我，他从前实验做酸酪时，为了使奶酪发酵，把奶酪放在锅中，用棉被裹着，夜里还抱着睡觉，后来他才找出做酸酪最好的温度与时间。他现在当然不用棉被了，不过他做的酸酪又白又细真像棉花一般，入口成泉，若不是早年抱棉被，恐怕没有这种火候。

那优美的酸酪要配什么呢？八德路一家医院餐厅里卖的全黑麦面包，或是绝配。那黑麦面包不像别的面包是干透的，而是里面含着一些有浓香的水分，有一次问了厨子，才知道是以黑麦和麦芽做成，麦芽是有水分的，才使那里的黑麦面包一枝独秀，想出加麦芽的厨子，胸中自有一株麦芽。

食物原是如此，人总是选着自己的喜好，这喜好往往与自己的性格和本质十分接近，所以从一个人的食物可以看出他的人格。

但也不尽然，在通化街巷里有一个小摊，摆两个大缸，右边一缸卖"蜜茶"，左边一缸卖"苦茶"，蜜茶是甜到了顶，苦茶是苦到了底，有人爱甜，却又有人爱那样的苦。

"还有一种人，他先喝一杯苦茶，再喝一杯蜜茶，两种都要尝尝。"老板说，不过他也笑了，"可就没看过先喝蜜茶再喝苦茶的人，可见世人都爱先苦后甘，不喜欢先甘后苦吧！"

后来，我成了第一个先喝蜜茶，再喝苦茶的人，老板着急地问我感想如何。

"喝苦茶时，特别能回味蜜茶的滋味。"我说，我们两人都大笑起来。

旁边围观的人都为我欢欣地鼓掌。

纯　善

从前有一个人，偶然在路上看见一尊佛像，他心里想："如果有人从这佛像上面跨过，岂不是造成恶业？"于是他把佛像请去安放在路边。

因为他动机是纯善的，所以造了善业。

后来有一个人走过同一个地方，发现了路边的佛像，心想："这尊佛像上面没有东西遮盖，日晒雨淋，日久一定会毁坏。"他想保护佛像，左找右找，在佛像旁边找到一只破旧的鞋子，于是把鞋子盖在佛像上面。

在平常的情况，这种行为当然非常要不得，由于他在当时动机非常纯善，也给他造了善业。

不久，又有一个人走过，看见鞋子盖在佛像上，心想："是谁把鞋子放在佛像上，真是太可恶了。"于是，他赶紧把鞋子丢掉。

这个人动机纯正，当然也造了善业。

随后又来了一个人，他看见被放在路旁的佛像，心想："这太不恭敬了，不应该把佛像放在这里。"于是顺手把佛像放在附近的墙头。

他因此也造了善业。

最后来了一个人，他想："佛像应该在家虔诚地供养才对。"于是把佛像请回家，清理洁净，找到一个清净的地方供养起来，每天焚香礼拜供养。

这个人也一样造了善业。

这是密宗在教化人关于身、口、意三业清净的一个故事，说明了人所造的业，主要是在他背后的动机，行为反而在其次了。因此，要使自己三业清净，一定要先有一个清净的意念，只要意念纯善，则身业、口业的清净也就容易达到了。

纯善的意念是哪里来的呢？纯善的意念是来自心和智慧与慈悲之开启。有许多佛弟子常常发愿说："我要为佛教工作。"一位上师曾说这个观念是不够广大的，佛的弟子应该发愿为所有的众生工作，把自己的福德用来与众生的苦难相交换，甚至在呼气时，观想把自己拥有的善根福德随风飘送给众生，在吸气时，观想一切众生的众苦都流入我身，这样久而久之，就会进入纯善的境地。

所谓的纯善，就是利他，就是慈悲喜舍，就是发菩提心。我很喜欢几段关于菩提心的格言：

修行者心中若存有真实菩提心，即使他只是撒一些谷物给小鸟吃，也算是大乘行者，堪称为菩萨。如果没有菩提心，纵然将珍宝充满三千世界布施给一切众生，也不能算大乘行者，更不能堪称为菩萨。

一旦发起大悲心和菩提心的人，即使他是宇宙中最邪恶的众生，也能当下成为佛之子，成为一切众生最伟大者。

我们不要只顾珍爱自己，要把众生看得远比自己重要。我们必须准备接受极大的苦难，以把幸福带给众生。我们只能为众生的利益而思而行。

如果我们不能忍受任何牺牲或帮助别人，我们就丧失了发菩提心的要义。

菩提心的要义很多，但是只要我们时时保有善与正的品性，并随喜别人善与正的品性；那么，不但我们的想法与发心是清净的，则我们的行为和最后的成就也必然是清净的。

再回到前面的故事，那在路边被弃置的佛像，正是我们心的象征，有的人怕被践踏，就把自己的心放在旁边；有的人为了保护自己的心，却盖上一只破鞋子；有的人喜欢心胸坦荡，就丢掉鞋子；有的人则把心放在高高的墙头，看待这个世间。

最后一个人，他捡回自己的心，宝爱自己的心，在清净的地方，他用菩提与大悲来供养，而使心有了安住的所在——这是"心即是佛"，这是"纯善"！

纯善也许很难，但可以从小处训练，这里有一个故事能给我们更大的启示：

从前在印度，有一个生性非常悭吝的人，不要说叫他布施，就是叫他开口说出"布施"这两个字，他都觉得非常困难，因为在他心里，根本没有一丝布施他人的意愿。

他后来遇见了佛陀，从佛陀的教化中知道了布施的功德，可是由于心性悭吝，还是无法布施。

佛陀先叫他右手拿一把草，叫他想象把右手当自己，左手当别人，然后叫他把那微不足道的草交给左手。即使只是这样，那人开始仍然犹豫不决，反复地想："我是不是要把右手的东西交给左手呢？"

后来他想："左手也是我自己的手嘛！"于是就交给左手了。

经过几次练习，佛再叫他把左手的东西交给右手，左右手反复训练久了，他慢慢习惯把东西给出来，也发展了布施心，终于能布施自己的财产，最后他有了大菩提心，为了利益众生，甚至布施了自己的身体，乃至生命！

菩萨给我的，是右手交给左手，我给众生的是左手交给右手，不管是左手还是右手，都是我自己的手，一样美，一样好，一样痛，一样苦难，流着一样的血。想到这里，就荡气回肠起来，心胸热流滚滚，放眼云山，恒美如斯。

那澄观清明的云山，是不是我的左手，或是右手呢？

送一轮明月给他

一位住在山中茅屋修行的禅师，有一天趁夜色到林中散步，在皎洁的月光下，他突然开悟了自性的般若。

他喜悦地走回住处，眼见到自己的茅屋有小偷光顾。找不到任何财物的小偷，要离开的时候才在门口遇见了禅师。原来，禅师怕惊动小偷，一直站在门口等待，他知道小偷一定找不到任何值钱的东西，早就把自己的外衣脱掉拿在手上。

小偷遇见禅师，正感到惊愕的时候，禅师说："你走老远的山路来探望我，总不能让你空手而回呀！夜凉了，你带着这件衣服走吧！"

说着，就把衣服披在小偷身上。小偷不知所措，低着头溜走了。

禅师看着小偷的背影走过明亮的月光，消失在山林之中，不禁感慨地说："可怜的人啊！但愿我能送一轮明月给他。"

禅师不能送明月给那个小偷，使他感到遗憾，因为在黑暗的山林，明月是照亮世界最美丽的东西。不过，从禅师的口中说出："但愿我能送一轮明月给他。"这口里的明月除了是月亮的实景，指的也是自我清净的本体。从古以来，禅宗大德都用月亮来象征一个人的自性，那是由于月亮光明、平等、遍照、温柔的缘故。怎么样找到自己的一轮明月，向来就是禅者努力的目标。在禅师的眼中，小偷是被欲望蒙蔽的人，就如同被乌云遮住的明月，一个人不能自见光明是多么遗憾的事。

禅师目送小偷走了之后，回到茅屋赤身打坐，他看着窗外的明月，进入定境。

第二天，他在阳光温暖的抚触下，从极深的禅定里睁开眼睛，看到他披在小偷身上的外衣，被整齐地叠好，放在门口。禅师非常高兴，喃喃地说："我终于送了他一轮明月！"

明月是可送的吗？这真是有趣的故事，在我们的人生经验里，无形的事物往往不能赠送给别人，例如我们不能对路边的乞者说："我送给你一点慈悲。"我们只能把钱放在盒子里，因为他只能从钱的多寡来感受慈悲的程度。

我们不能对心爱的人说："我送你一百个爱情。"只能送他一百朵玫瑰。他也只能从玫瑰的数量来推算情感的热度，虽然这种推算往往不能画上等号，因为送玫瑰的人或许比送钻戒者的爱要真诚而热烈。

同样的，我们对于友谊、正义、幸福、平安、智慧……无价的东西，也不能用有形的事物做正确的衡量。我想，这正是人生的困局之一，我们必须时时注意如何以有形可见的事物来奥妙表达所要传递的心灵信息。可悲的是，在传递的过程中常常会有"落差"，这种落差常使骨肉至亲反目，患难之交怨愤，恩爱夫妻仳离，有情人终于成为俗汉。

这些无形又可贵的感情，与禅师的某些特质接近，是"只可意会，不可言传"，是"不立文字，教外别传"，是"当下即是，动念即乖"，是"云在青天水在瓶"，是"平常心是道"！

这个世界几乎没有一种固定的方法可以训练人表达无形的东西，于是，训练表达无形情感的唯一方法就是回到自身，充实自己的人格，使自己具备真诚无伪、热切无私的性格，这样，情感就不是一种表达，而是一种流露。

在一个人能真诚流露的时候，连明月也可以送给别人，对方也真的收得到。

我们时时保有善良、宽容、明朗的心性，不要说送一轮明月，同时送出许多明月都是可能的，因为明月不是相送，而是一种相映，能映照出互相的光明。

此所以禅师说："但愿我能送一轮明月给他！"是真正人格的馨香，它使小偷感到惭愧，受到映照而走向光明的道路。

秋天的心

我喜欢《唐子西语录》中的两句诗：

山僧不解数甲子，
一叶落知天下秋。

是说山上的和尚不知道如何计算甲子日历，只知道观察自然，看到一片树叶落下就知道天下都已经秋天了。从前读贾岛的诗，有"秋风吹渭水，落叶满长安"之句，对秋天萧瑟的景象颇有感触，但说到气派悠闲，就不如"一叶落知天下秋"了。

现代都市人正好相反，可以说是"落叶满天不知秋，世人只会数甲子"，对现代人而言，时间观念只剩下日历，有时日历犹不足以形容，而是只剩下钟表了，谁会去管是什么日子呢？

三百多年前，当汉人到台湾来垦殖移民的时候，发现台湾的平埔族山胞非但没有日历，甚至没有年岁，不能分辨四时，而是以山上的刺桐花开为一度，过着逍遥自在的生活。初到的汉人想当然地感慨其"文化"落后，逐渐同化了平埔族。到今天，平埔族快要成为历史名词，他们有了年岁、知道四时，可是平埔族后裔，有很多已经不知道什么是刺桐花了。

对岁月的感知变化由立体到平面可以如此迅速，宁不令人兴叹？以现代人为例，在农业社会还深刻知道天气、岁时、植物、种作等等变化是和人密切结合的，但是，商业形态改变了我们，春天是朝九晚五，冬天也是朝九晚五；晴天和雨天已经没有任何差别了。这虽使人离开了"看天吃饭"的阴影，却也多少让人失去了感时忧国的情怀，和胸怀天下的襟抱了。

记得住在乡下的时候，大厅墙壁上总挂着一册农民历，大人要办事，大自播种耕耘、搬家嫁娶，小至安床沐浴、立券交易都会去看农民历。因此到了年尾，一本农民历差不多翻烂了，使我从小对农民历书就有一种特别亲切的感情。

一直到现在，我还保持着看农民历的习惯，觉得读农民历是快乐的事。就看秋天吧，从立秋、处暑、白露，到秋分、寒露、霜降，都是美极了，那清晨田野中白色的露珠，黄昏林园里清黄的落叶，不都是在说秋天吗？所以，虽然时光不再，我们都不应该失去农民那种在自然中安身立命的心情。

城市不是没有秋天，如果我们静下心来就会知道，本来从东南方吹来的风，现在转到北方了；早晚气候的寒凉，就如同北地里的霜降；早晨的旭日与黄昏的彩霞，都与春天时大有不同了。变化最大的是天空和云彩，在夏日炎亮的天空，逐渐地加深蓝色的调子，云更高、更白，飘动的时候仿佛带着轻微的风。每天我走到阳台，抬头看天空，知道这是真正的秋天，是童年田园记忆中的那个秋天，是平埔族刺桐花开的那个秋天，也是唐朝山僧在山上见到落叶的同一个秋天。

如若能感知天下，能与落叶飞花同呼吸，能保有在自然中谦卑的心情，就是住在最热闹的城市，秋天也永远不会远去。如果眼里只有手表、金钱、工作，即使在路上被落叶击中，也见不到秋天的美。

秋天的美多少带点潇湘之意，就像宋人吴文英写的词："何处合成愁，离人心上秋"，一般人认为秋天的心情，就会有些愁恼肃杀，其实，秋天是禾熟的季节，何尝没有清朗圆满的启示呢？

我也喜欢韦应物一首秋天的诗：

今朝郡斋冷，忽念山中客；
涧底束荆薪，归来煮白石。
欲持一瓢酒，远慰风雨夕；
落叶满空山，何处寻行迹？

在这风云滔滔的人世，就是秋天如此美丽清明的季节，要在空山的落叶中寻找朋友的足迹是多么困难！但是，假使在红砖道上，淹没在人潮车流之中，要找自己的足迹，更是艰辛呀！

老实镜

"魔镜！魔镜！告诉我，谁是世界上最美丽的人？"

"皇后，你是世界上最美丽的人。"镜子回答了皇后。

皇后非常高兴地顾盼自己的姿容，感到十分满意。她很爱照镜子，因为这一面会说话的镜子总是告诉她，她是天下第一美人。

有一天清晨，皇后又走到镜子前面问道："魔镜！魔镜！谁是世界上最美丽的女人？"

"皇后！你虽然非常美丽，但这世界上有一个人比你更美丽，她就是公主。"

原来，前任皇后所生肌肤如白雪的公主已经长到十岁了，她的美有如光耀的明月，远远超过她的后母。

皇后听了就像被嫉妒的烈火焚烧，一点也不能面对这样的事实——不能容忍世界上有人比她更美——可惜的是，她无法使自己变得更美，只好下决心除掉白雪公主。她吩咐卫士把白雪公主在森林杀害，割下公主的舌头和心来交给她。

卫士看到白雪公主的善良与美丽不忍下手，就刺杀了一头小鹿，把鹿的舌头和心带回来复命。皇后把舌头和心切片吃掉了，一边吃一边得意地想："我是这世界上最美丽的人了！"

这是童话《白雪公主》的开头，后来，皇后的计谋没有得逞，她永远没有成为世上最美的人，而白雪公主却由于皇后的嗔怒度过了一个惊险的旅程。这是一个多么动人的启示，一是真正的美丽总是与善良结合的，因为美丽是从心而起。一是真实地面对自我是多么难呀！

我想，在这个世界上，大多数人照镜子的时候，通常会承认世界上有比我们更美丽的人，像皇后如此丧心病狂的人到底是少数。但是知悉世界上有比我们美丽、优秀、聪明、杰出、幸福、有智慧的人，大部分人的反应还是可以分别成两个大类，一是恶意的轻蔑，二是善意的赞赏。

喜欢恶意轻蔑别人的，如果告诉他某人长得非常美丽，他的反应总是："可惜脑筋太笨了，而且我就是不喜欢那种又挺又直的鼻子。"如果告诉他某人很有学问，他的反应又是："当然了，长那么丑，比别人更有时间做学问，所以学问好。"他难得有看上眼的人，即使告诉他某一棵树长得很好，他也会说："好是好，可惜叶子太茂盛了，我喜欢枯瘦一点的树。"

为什么会恶意轻蔑别人呢？其实他一点也不比别人出色，原因就在于他照镜子时只看见自己，希望世界上没有人比他出色，他虽没有皇后那样阴狠，却继承了皇后的血统。

喜欢善意赞赏别人的就不同了，他看见别人的美丽总能欣赏，看到别人成功则用力鼓掌，他时时以欢喜的心来面对世界。那是因为照镜子的时候，他有一个广大的心胸，知道世界的美丽就如同自己的美丽一样，因此能以美丽的心生活，他认识自己的缺点并且更能欣赏别人的优点。

这世界上没有会说话的镜子，《白雪公主》故事中的那面魔镜，其实就是心镜的象征，我们自心的镜子也可以说是"老实镜"。那些常常恶意轻蔑别人，不肯承认别人的优点的人，并非真不知道自己的缺失，只是照镜子的时候不肯老实承认罢了。

可叹的是，在我们轻蔑别人时，不但不能提高自己的身价，反而污染了自己的心性（面对自我的镜子不老实）。反之，当我们赞赏别人时，自己的身价也不会贬低，又洗清了自己的心性（认识本来面目）。

为什么我们不选择做一个常常欣赏别人的人呢？

我们对外在事物的一切反应都与我们的心性相映，心性光明温和的人，他所见到的世界与心性阴暗偏激的人见到的世界完全不同，因此，只有开启光明的内在，才能使我们有喜悦的生活。

在生活里更重要的不是问自己有多美丽，而是要问："我的镜子老不老实？""我能不能面对老实的镜子呢？"寒山子有一首诗我很喜欢："吾心似秋月，碧潭清皎洁；无物堪比伦，叫我如何说？"如果一个人有清澈如秋月的心，这世界上有什么可以相比呢？而要有"秋月之心"，只有从老实照镜开始。

有一次，大珠禅师的弟子问他："什么是正？"他说："心逐物为邪，物从心为正。"是的，照镜子的时候老想与别人较量，追逐外境，就会走向偏邪的道路，如果一切回归自己，使万物成为心的映照，自我不为所动，这才是智慧正确的方向。

假若能有一面清明的镜子，我们就会发现世界多么美丽而值得欣赏，每一个人都有美的质地，每一朵花都有优雅的风姿，每一棵树都有卓然的性格……

拥有了清明的镜子，如果有一天我们像皇后一样问："谁是世界上最美丽的人？"

镜子说："这世界上有很多比你美丽的人。"

这时我们会高兴地说："多么好呀！幸好这世界有很多美丽的人，否则这是多么乏味的世界！"

就像伟大的禅师傅大士说的："清净心智，如世万金；般若法藏，并在身心。"一个人有清净的心智真是胜过世上的万两黄金呀！

正义堂与幸福堂

在通化街一条小巷里，有两家毗邻的商店，一家光明透亮，每一根柱子上都写着醒目的大字，它的店名叫"正义堂"。另一家幽深阴暗，从外面完全看不见内部的情形，店招上写着"幸福堂"。

我第一次走过这两家店，就被它们的店名吸引，在这光怪陆离的城市，大部分好的店名都已经被想光了，但古老事物的某些价值标杆反而很少被用来做店招，"正义"或者"幸福"正是如此。以"正义"做标准的是什么店呢？什么店又能带给人"幸福"？

原来，"正义堂"是一家中药铺，兼做跌打损伤的接骨，主人还是个国术家，闲暇教附近子弟习武，在庙会时，就成为宋江阵的班底了。"幸福堂"是一家命相馆，从为小儿命名、看良时宜辰，到婚丧吉庆、吉凶祸福，主人认为一个人追求幸福的根本就是"知命"，知道命运有一些不可抗拒的神秘，然后从命运与宇宙人生取得和谐，这样才会得到真正的幸福。

卖药的人是需要正义的，因为来买药的正是最期待援助的人，"正义"在这时成为雪中的炭，失去正义的药店就会成为落井的石头。

习武的人也需要正义，因为武的目的不只在强身，也在济世。"正义"使武力成为止戈，失去正义就成为挥戈的强权。

所以，中药铺和国术馆称为"正义堂"颇能引人遐思，再放大来看，现代的大医院、发展新式武器的科学家最需要的不就是正义吗？遗憾的是，曾在大医院就医的人，都会发现医院里唯钱是问，早就失落了正义。而如果我们看看现今世界的武器大观，更知道世界武力的对峙早就没有正义可言。

至于"幸福堂"更是给人一种说不出来的感受，每一个人不管生活在古今中外都是在追求幸福，但由于幸福的轨迹不一定符合逻辑，因此对幸福的掌握都感到惶恐。例如，逻辑上说勤俭就能致富，事实上许多勤俭一生的人贫贱以终；例如，逻辑上有情人终成眷属，事实上大部分的有情人都没有好的结局……

社会、经济、科技的发展，非但没有使幸福跟着发展，反而使幸福的追求失落了。社会学者调查，到命相馆去求教的人，比例最多的是知识分子，而不是一般百姓。在台湾许多高科技工厂兴建地点、方位要由风水师决定，破土的时候要选择黄道吉日，连留学国外的博士董事长、总经理也烧香拜土地公。

舆论都批评知识分子不应该相信命相、风水、地理、时辰，可是，到底人是活在宇宙的一分子，谁敢说凭一己之力就可以有幸福呢？此所以，命相馆自称"幸福堂"，算命者自称是创造幸福的人也并无不妥。

不相信命运，并不会使一个人的幸福增加，相信命运，也不会减少一个人的幸福，反之，亦然。

幸福，其实不是不能掌握的，对个人来说，知足常乐，反观自照、减少物欲的追求，是幸福的根本条件。对社会而言，多想想别人的幸福，希望能奉献与布施，少想到自己的幸福，期求别人给自己援助与施舍，这样，整个社会才有幸福的可能。

现代社会的一切悲剧，都是因自私的幸福观战胜了大我的幸福观，在大我被大部分人遗忘时，正是正义沉沦之际。

正义，是社会幸福的最大动力；大部分人感觉幸福的社会则是正义得以伸张的表征。

我常常站在通化街的一条巷口，远远看着"正义堂"和"幸福堂"高悬的招牌，沉思着正义，乃至仁爱、智慧、礼谊、和平，一直到幸福的道路，为某些旧价值的失落感到忧心。

转一个路口，就是人声沸腾的市场，鸡鸭的肚肠流了一满地，污水与吆喝声同时飞溅，刮鱼鳞的声音令人毛发竖立，回头一看，"正义"与"幸福"完全被淹没在人潮里。

心里的水银

　　有一个人搬进新房子，一直因为自己的书房太小而苦恼不已，后来他想出一个方法，就是在书房四周镶上镜子。

　　初开始的时候，果然觉得书房大了不少，过了一段时间，书房又一天天地小起来。他每天在书房里苦思答案，事实上书房的空间并没有增加也未减少，为什么从前感觉小，装镜子感觉大，现在又感觉小了呢？

　　这种对书房奇特的感受，竟使他无法安心工作，加上每一转身就看见镜中的自己，日久月深，使他连转身都感到困难了，到最后视进书房为畏途。

　　有一天，他遇到一位有智慧的禅师，请师父去看他的书房，师父看了后说："你的书房四周都是镜子，每天只看到自己，没有看到别的事物，感觉当然小了。你抬头看看世界，少顾盼自己，书房一定会大起来，你何不把镜子里的水银拿掉呢？"

　　那人听了若有所悟，把书房临街的两边打掉，装了两扇落地窗，书房果然整个开阔起来，他每天都站在落地窗前，看外面的景象与人车，到后来他把落地窗前的观赏视为书房唯一的乐趣，竟无法安心坐在书桌前沉思和读书了。他又重新陷入苦恼，最后还是去找禅师。

他说："师父，您叫我开了窗，书房是大了，但是我现在每天都坐在窗前，不能安心工作了，到底怎么办？"

禅师说："你何不给心里装上水银呢？"

他茫然地看着禅师。

禅师说："一个人面对外面的世界时，需要的是窗子；一个人面对自我时，需要的是镜子。面对外面用窗才能看见世界的明亮，面对自我用镜子才能看见自己的污点。其实，窗或镜子并不重要，重要的是你的心，你的心广大，书房就大了；你的心明亮，世界就明亮了；你的心如窗，就看见世界；你的心如镜，就观照了自我。"

他又说："那，我应该怎样办呢？"

禅师笑一笑，站起来把窗关上，说："有了窗，可以开，也可以关；有了镜子，可以照，也可以不照。"

记得我在读小学时，教室前面有一面比人还高的镜子，上面写着"明心见性"四个大字。那面镜子是用来惩罚犯错的同学，我和同学都很怕去照那面镜子，因为往往一照就是一个小时，一小时只照自己的脸，真让人想念外面的世界，那时我就想：这如果是一扇窗，不知道有多好？

可惜那不是一扇窗，而我们照了半天镜子也没有明心见性，那是由于照镜子时我们想着外面的世界，而看窗的时候我们又迷失了自己。

水银与玻璃的关系真是奇妙，有了它，我们看到自己，没有它，我们看见世界，如何在用不用水银时善于选择，就可以让我们和世界维持和谐圆满，又不失去自在自我。所以善用我们心的水银吧！让它应该流动时流动，宜于静止时静止。

可叹的是，生活在现代社会的人，不要说善用水银与玻璃的关系，有很多人从没有打开心里的窗和照过心中之镜。我们在餐厅、浴室、电梯都装满镜子，却很少人用心反观自己，在每一幢大楼都装了满满的窗，也很少人清楚地观照世界。我们建造了玻璃与水银的围墙，心窗心镜反而失落了。

珍惜一枝稻草

有一位很想成为富翁的青年，到处旅行流浪，辛苦地寻找着成为富翁的方法。几年过去了，他不但没有变成富翁，反而成为衣衫破烂的流浪汉。

最后，他想起了寺庙里的观世音菩萨。他知道菩萨无所不能、救苦救难，就跑到庙里，向观世音菩萨祈愿，请求菩萨教他成为富翁的方法。

观世音菩萨被他的虔诚感动了，就教他说："要成为富翁很简单，你从这寺庙出去以后，要珍惜你遇到的每一件东西、每一个人。并且为你遇见的人着想，布施给他。这样，你很快就会成为富翁了。"

青年听了，心想这方法真简单，高兴得不得了，就告辞菩萨，手舞足蹈地走出庙门，一不小心竟踢到石头绊倒在地上。当他爬起来的时候，发现手里粘了一枝稻草，正想随手把稻草去掉，猛然想起了观世音菩萨的话，便小心翼翼地拿着稻草向前走。

路上迎面飞来一只蜜蜂，他想起菩萨的话，就把蜜蜂绑在稻草上，继续往前走。

突然，他听见了小孩子号啕大哭的声音，走上前去，看见一位衣着华丽的妇人抱着正大哭大闹的小孩子，怎么哄骗也不能使他停止哭泣。当小孩看见青年手上绑着蜜蜂的稻草时，立即好奇地停止了哭泣。那人想起菩萨的话，就把稻草送给孩子，孩子高兴得笑起来。妇人非常感激，送给他三个橘子。

他拿着橘子继续上路，走了不久，看见一个布商蹲在地上喘气。他想起菩萨的话，走上前去问道："你为什么蹲在这里，有什么我可以帮忙吗？"布商说："我口渴呀！渴得连一步都走不动了。"

"那么，这些橘子送给你解渴吧！"他把三个橘子全部送给布商。布商吃了橘子，精神立刻振作起来。为了答谢他，布商送给他一匹上好的绸缎。

青年拿着绸缎往前走，看到一匹马病倒在地上，骑马的人正在那里一筹莫展。他就征求马主人的同意，用那匹上好的绸缎换了那匹病马，马主人非常高兴地答应了。

他跑到小河去提一桶水来给那匹马喝，细心地照顾它，没想到才一会儿，马就好起来了。原来马是因为太口渴才倒在路上。

青年继续骑马前进，正经过一家大宅院前面时，突然跑出来一个老人拦住他，向他请求："你这匹马，可不可以借我呢？"

他想起观世音菩萨的话，就从马上跳下来，说："好，就借给你吧！"

那老人说："我是这大屋子的主人，现在我有紧急的事要出远门。这样好了，等我回来还马时再重重地答谢你；如果我没有回来，这宅院和土地就送给你好了。你暂时住在这里，等我回来吧！"说完，就匆匆忙忙骑马走了。

青年在那座大庄院住了下来，等老人回来，没想到老人一去不回，他就成为庄院的主人，过着富裕的生活。这时他才悟到："呀！我找了许多年成为富翁的方法，原来这样简单！"

这是一个日本童话，它有深刻的启示意义。生活在这世界上的大部分人，就像故事中的青年，都想成为富有的人，一般人想到有钱就会富有，层次高一点的人除了钱，希望精神上也能富有。

什么样的人才算富有呢？富有的标准不是财货的多寡，而是以能不能布施给别人来衡量的。能给出去的人才算富有，只能私藏为己用的人，即使家财万贯，也算是贫穷的人！

什么样的人才能布施呢？简单地说，就是"惜缘"的人。因为能珍惜每一个因缘，甚至不弃绝和我们擦身而过的人，才使我们能布施而没有一点遗憾，有遗憾就不能说是富有。

因此，真正通向富足的道路，不是财货的堆积，也不是名利的追求，而是珍惜我们所遇到的每一件东西、每一个人，处处为人着想，布施给别人。

台湾有两句俗语，一句是"一枝草，一点露"，说明了人的福分是有限的，上天雨露均沾，强求也没有用。还有一句是"草仔枝也会绊倒人"，就是不要轻视小草，小草也能让我们跌伤的。反过来说，一枝草的因缘何尝不能帮助我们呢？

致富之道无它，惜缘、布施而已。惜缘使我们无憾，布施使我们成为真正富有的人。

人格者

　　一位从年轻时代就以帮人按摩维生的盲眼阿婆，一直住在小镇的郊外，有一天她带着积蓄到镇里找水电行的老板。

　　"陈老板，可不可以在我家前的路上装几盏路灯？"阿婆说。

　　水电行老板感到非常吃惊，说："阿婆，您的眼睛看不见，装路灯要干什么？"

　　"从前，我住的地方偏僻，没有人路过，所以不觉得有装灯的必要，加上那时生活苦，也没有多余的钱装灯。现在我存了一些钱，而且从那里过的人愈来愈多，为了让别人走路方便，请您来帮忙装几盏灯吧！"阿婆说。

　　陈老板听了很感动，只收工本费来为阿婆装路灯。

　　盲眼阿婆要装路灯的消息，第二天就传遍了全镇，所有的人都被阿婆的善心感动了，主动来参加装灯行动，大家纷纷捐钱，热烈的程度超过想象。因为每个人都在心里想着："盲眼人都想到要照亮别人，何况是我们这些好眼睛的人呢？"

结果，阿婆家外的路灯不但全装起来了，马路扩宽了，通往郊外的木板桥也改成水泥桥，连阿婆的木屋都被用砖头水泥重砌，成为一个又美丽又坚固的房子。

盲眼阿婆做梦也没有想到，只是因为小小的一念善心，竟使得整个小镇都变得光明而美丽，并且燃烧了大家心里的火种，在那装灯铺路的一段日子里，镇上的人活得充实而快乐，知道了布施使一个人壮大而尊严，充满人格的光辉。

后来，盲眼阿婆死了，但是在那小镇上，每个人走过她家门前的马路，立即记起那小屋里曾住过一位伟大的人，一代一代过去，家长总是以盲眼阿婆的爱心作为教育孩子的典范，使得那小镇许多年后还是一个满溢爱心的小镇，少年孩子走过盲眼婆婆的路灯下，在深黑的夜里，没有不动容的。

这个故事告诉我们，人的伟大与否，和职业、地位，乃至身体的残缺都没有必然关系，就在我们生活四周，有许多卑微的小人物，他们也像路灯一样放射光明，教育我们，使我们能坦然走向一个有更高超志节的世界。

在台湾乡间，把那些道德节操令人崇敬的人，称为"人格者"，他们生活在各阶层，没有一定的面目，唯一相同的是，他们的人格不可侵犯，不论在多么恶劣的情况下，他们都不出卖自己，并且在处境最坏的时候还能关心别人。一听到"人格者"这句话，真能令人肃然起敬。

记得我的父亲过世时，在墓地上，一位长辈走过来拍我的肩，对我说："你爸爸是一个人格者。"这句话使我痛哭失声，充满了感恩。我想，一个人如果被称为"人格者"，他在这世界就没有白走一遭。

　　在农田，在市场中，在许多小人物中间，有许多人格者，才使台湾乡土变得美丽而温暖，他们以生命直接照耀我们、引我们前行。

　　可悲的是，进入商业社会的台湾小城，人格者一天比一天难找了。是不是让我们现在就来立志，一起来继承"人格者"的传统呢？

安　息

　　家附近有一户人家在办丧事，用蓝白条纹的塑胶布棚子把整个红砖道拦阻起来，白天的时候那座塑胶棚子黑暗而安静，那户人家的铁门也拉了下来，使人感到哀伤而肃穆。

　　一到晚上，铁门拉开了，塑胶棚子也灯火通明了，棚子面对大马路的一边装了两个大型的扩音喇叭，几乎是非常公式化的，黄昏的路灯刚亮，扩音喇叭就传出清脆的女声："喂，喂，卖古（麦克风）试验！"然后传来口吹麦克风的呼呼声，一直到试验无误为止。

　　那麦克风的音量一定是开到极限了，因为我住的地方离那里有一百多公尺之遥，却吵得连家里唱机放出的音乐都为之黯然失色。

　　夜晚从塑胶棚子放出的，有各式各样的"卖古"，先是来一段道士的法螺，接着是凄怆的音乐，然后是哀伤的骊歌，有中国调子、东洋歌、西洋音乐，南腔北调，无奇不有。接下来则是流行歌曲的播放，例如《你侬，我侬》《酒干倘卖无》《心事谁人知》

《一只小雨伞》《雨夜花》《三声无奈》《望你早归》等等，有一次还放了《王昭君》与《苏武牧羊》。

到晚间九点以后，哭调开始了，丧家的家属大概请来了"五子哭墓"的团体来哭唱，男女老少轮番上台哭唱，仔细听来，一会儿扮成未亡人唱着："我君，路途遥远，请你保重。"一会儿扮成儿子唱："阿爹，你撇下我们，忍心离去"……有各种不同角色和台词，唯一相同的是声调凄怆，令人心惊毛悚，透过麦克风，那职业性的哭喊封锁住整条街。

这样要哭到晚上十一点左右，我原来以为是放录音带，有一天忍不住去探看，才发现全都是"现场演出"，那哭墓团来赚这声泪俱下的钱，确是引人鼻酸，怪不得个个唱得愁眉苦脸、声嘶力竭。

每天节目差不多一样地进行了很多天，街坊邻居起先是同情，后来是无奈，到最后都感到厌恶了，"那死人的家要哭到什么时候呢？"有人这样问起来。

谁知道呢？哭的并不是家属，家属都是沉默地坐在灵堂两旁，非常安静而哀伤，倒是被那音乐及哭墓的团体弄得有点像荒谬剧剧场，死者的相片挂在正中，每天都看着同一个时间开场的演出。

有一天，我的一位朋友来访，坐了半天，突然问道："你们这里还有人搭棚演歌仔戏吗？"

我告诉他，是丧家的仪式。

朋友是对地方戏颇有研究的人，突然用力拍着椅背说："这五子哭墓团一定是歌仔戏团员组成的，听他们的七字调唱腔，哎呀！唱得真是动听啊！"

我们两个人就站在阳台上，以黑色的天幕为背景，用路上的灯光照明，仔细聆听从麦克风传来的悲哀的哭声，我们听见了一个人的死亡，听见了家属的哀伤，听见了戏台的没落，听见了因缘的离散，也听见了风俗的变迁。

在这整个演出里，使我感到难以接受的是什么呢？我自己反省着。

当然，丧家是没有错的，他们在亲人逝去的时候，一定是手忙脚乱，只有包给外面的人来办理丧事，包办的人请来乐团、五子哭墓团、麦克风，家属也只有接受了。

包办的团体也没有错，他们会办出这么错综复杂、别具一格的丧事，应该也不是自己的创见，而是从俗，反正大家办丧事都是这样，循例办理就是了。

错的就在这种形式，像这样低俗、粗鄙的形式是谁创造出来的呢？这种坏形式创造出来后普遍地被使用，又是为什么呢？在这里，生活的品质、文化的省思就有值得检讨的一面——养生送死本来是人生的大事，为什么不能有更好的形式？

朋友拍拍我的肩膀说："所以，人生前应该多积福德，生前如果不积福德，死后很可能子孙不哭，卖给五子哭墓团在街头哭呢！"

朋友虽然带着玩笑的口吻，却使我心情真正忧伤起来，积福德是为了生前，而不是为了死后，但对于文化的提升与改造，对于智慧的开启与清明，不是一个人的福德所能为力，而是整个社会都积福德才有希望。

在文化沦落的时代，我们不能期待子孙，而要期待自己往好品质、好格调的方向走，否则，子孙有什么希望呢？

独乐与独醒

人生的朋友大致可以分成四种类型，一种是在欢乐的时候不会想到我们，只在痛苦无助的时候才来找我们分担。这样的朋友往往也最不能分担别人的痛苦，只愿别人都带给他欢乐。他把痛苦都倾泻给别人，自己却很快地忘掉。

一种是他只在快乐的时候才找朋友，却把痛苦独自埋藏在内心，这样的朋友通常能善解别人的痛苦，当我们丢掉痛苦时，他却接住它。

一种是不管在什么时刻什么心情都需要别人共享，认为独乐乐不如众乐乐，独悲哀不如众悲哀，恋爱时急着向全世界的朋友宣告，失恋的时候也要立即敬告诸亲友，他永远有同行者，但他也很好奇好事，总希望朋友像他一样，把一切最私密的事对他倾诉。

还有一种朋友，他不会特别与人亲近，他有自己独特的生活方式，独自快乐、独自清醒，他胸怀广大、思虑细腻、品位优越，带着一些无法测知的神秘。他们做朋友最大的益处是善于聆听，像大海一样可以容受别人欢乐或苦痛的泻注，但自己不动不摇，由于他知道解决问题的关键，因此对别人的快乐鼓励，对苦痛伸出援手。

用水来做比喻，第一种是"河流型"，他们把一切自己制造的垃圾都流向大海。第二种是"池塘型"，他们善于收藏别人和自己的苦痛。第三种是"波浪型"，他们总是一波一波打上岸来，永远没有静止的时刻。第四种是"大海型"，他们接纳百川，但不失自我。

当然，把朋友做这样的划分不是绝对的，因为朋友有千百种面目，这只是大致的类型罢了。

我们到底要交什么样的朋友？或者说，我们希望自己变成什么样的朋友？

卡莱尔·纪伯伦在《友谊》里有这样的两段话：

> 你的朋友是来回应你的需要的，他是你的田园，你以爱心播种，以感恩的心收成。他是你的餐桌和壁灯，因为你饥饿时去找他，又为求安宁寻他。

> 把你最好的给你的朋友，如果他一定要知道你的低潮，也让他知道你的高潮吧。如果只是为了消磨时间才找你的朋友，又有什么意思呢？找他共享生命吧！因为他满足你的需要，而不是填满你的空虚，让友谊的甜蜜中有欢笑和分享的快乐吧！因为心灵在琐事的露珠中，

找到了它的清晨而变得清爽。

在农业社会时代，友谊是单纯的，因为其中比较少有利害关系；在少年时代，友谊也是纯粹的，因为多的是心灵与精神的联系，很少有欲望的纠葛。

工业社会的中年人，友谊常成为复杂的纠缠，"朋友"一词也浮滥了，我们很难和一个人在海岸散步，互相倾听心灵；难得和一个人在茶屋里，谈一些纯粹的事物了。朋友成为群体一般，要在啤酒屋里大杯灌酒；在饭店里大口吃肉一起吃喝；甚至在卡拉OK这种黑暗的地方，对唱着浮滥的心声。

从前，我们在有友谊的地方得到心的明净、得到抚慰与关怀、得到智慧与安宁。现在有许多时候，"朋友"反而使我们混浊、冷漠、失落、愚痴，与不安。现代人在烦闷压迫匆忙的生活里，已经失落了从前对友谊的注视，大部分现代人都成为"河流型""池塘型""波浪型"的格局，要找有大海胸襟的人就很少了。

在现代社会，独乐与独醒就变得十分重要，所谓"独乐"，是一个人独处时也能欢喜，有心灵与生命的充实，就是一下午静静坐着，也能安然；所谓"独醒"，是不为众乐所迷惑，众人都认为应该过的生活方式，往往不一定适合我们，那么，何不独自醒着呢？

只有我们能独乐独醒，我们才能成为大海型的人，在河流冲来的时候、在池塘满水的时候、在波浪推过的时候，我们都能包容，并且不损及自身的清净。纪伯伦如是说：

你和朋友分手时，不要悲伤，

因为你最爱的那些美质，他离开你时，你会觉得更明显，

就好像爬山的人在平地上遥望高山，那山显得更清晰。

这一站到那一站

最近在搬家，这已经是住在台北的第十次搬家了。每次搬家就像在乱阵中要杀出重围一样，弄得精疲力竭，好不容易出得重围，回头一看，早已尸横遍野，而杀出重围也不是真的解脱，是进入一个新的围城清理战场了。

搬家，真是人生里无可如何的事，在清理杂物时总是面临舍与不舍、丢或不丢的困境，尤其是很多跟随自己许多年的书，今生可能再也不会翻阅；很多信件是少年时代保存至今，却已是时光流转，情境不再；许多从创刊号保留的杂志，早已是尘灰满布，永远不会去看了；还有一大堆旧笔记、旧剪贴、旧资料、旧卡片，以及一些写了一半不可能完成的稿件……每打开一个柜子，都是许多次的彷徨、犹豫、反复再三。

好不容易下定决心，把不可能再用的东西舍弃，光是纸类就有二百多公斤，卖给收旧货的人，一公斤一元，合起来正是买一本新书的钱。

还舍弃一些旧家具，送给需要的朋友。

由于想到人生里没有多少次像搬家，可以让我们痛快地舍弃，使我丢掉了许多从前十分钟爱的东西，都是不能用金钱衡量的，一些成长的纪念。拢拢总总，舍掉的东西恐怕有一部货车那么多。

即使是这样，这次搬家还是动用了四部货车才运载完毕，使我想起从前刚到台北，行李加起来只有一个旅行袋，后来搬家，是一个旅行袋加一个帆布袋，学校毕业时搬家竟动用了一部小发财车，当时已觉得是颇大的背负。

幸好去服了兵役，第二次回到台北，又是一只旅行袋，然后路愈走愈远，背的东西也日渐增加，虽然经常搬迁、舍弃，增加的东西却总是快过丢的速度。有时想起一只旅行袋走天下的年轻时的身影，心中不免感慨，那时身无长物，只有满腔的热血和志气，每天清晨在旅行途中的窗口看见朝日初升，总觉得自己像那一轮太阳。现在放眼四顾，周围堆满了东西，自己青年时代的热血与壮志是不是还在呢？

在时光的变迁中，有些事物在增长，有些东西在消失，最可担忧的恐怕是青春不再吧！许多事物我们可以决定取舍，唯有青春不行，不管用什么方法，它都是自顾自行走。

记得十年前一个寒冷的冬天，我住在屏东市一家长满臭虫的旅店，为了想看内埔乡清晨稻田的日出，凌晨四点就从旅店出发，赶到内埔乡天色还是昏暗的，我就躺在田埂边的草地等候，没想竟昏沉沉地睡去，醒来的时候日头已近中天。

我捶胸顿足，想起走了一个小时的夜路，难过得眼泪差一点落了下来。正在这时，我看到田中的秧苗反映阳光，田地因干旱而显出的裂纹，连绵到远天去，有非常之美，是我从未见过的景象，立即转悲为喜，感觉到如果能不执着，心境就会美好得多。

那时一位农夫走来，好意地请我喝水，当他知道我来看日出的美景时，抬头望着天空出神地说："如果能下雨，就比日出更美了。"我问他下雨有什么美，他说："这里闹干旱已经两个月了，没有下过一滴雨，日出有什么好呢？"我听了一惊，非常惭愧，以一种悔罪的心情看着天空的烈日，很能感受到农夫的忧伤。

后来，我和农夫一起向天空祈求下雨，深切地知觉到：离开了真实的生活，世间一切的美都会显得虚幻不实。

假若知道有阳光或者没有阳光，人都能有观照的角度，就知道了舍与不舍，都是在一念之间。

不只是搬家，每个人新的一天，都是从这一站到那一站，在流动与迁徙之中，只要不忘失自我，保有热血与志气，到哪里不都是一样的吗？

我们现在搬家还能自己做主，到离开这个世界时也是身体的搬家，如果不及早准备，步步为营地向光明与良善前进，到时候措手不及，做不了主，很可能就会再度走进迷茫的世界，忘记自己的来处了。

荷花之心

偶尔会到植物园看荷花，如果是白天，赏荷的人总是把荷花池围得非常拥挤，深怕荷花立即就要谢去。

还有一些人到荷花池畔写生，有的用画笔，有的用相机，希望能找到自己心目中最美丽的一角，留下不会磨灭的影像，在荷花谢去之后，回忆池畔夏日。

有一次遇见一群摄影爱好者，到了荷花池畔，训话一番，就地解散，然后我看见了胸前都背着几部相机的摄影爱好者，如着魔一般对准池中的荷花猛按快门，偶尔传来一声吆喝，原来有一位摄影者发现一个好的角度，呼唤同伴来观看。霎时，十几个人全集中在那个角度，大雷雨一样地按下快门。

约莫半小时的时间，领队吹了一声哨子，摄影者才纷纷收起相机集合，每个人都对刚刚的荷花摄影感到满意，脸上挂着微笑，移师到他们的下一站，再用镜头去侵蚀风景。

这时我吃惊地发现，池中的荷花如同经历一场噩梦，从噩梦中活转过来。就在刚刚被吵闹俗恶的摄影之时，荷花垂头低眉沉默不语地抗议，当摄影者离开后，荷花抬起头来，互相对话——谁说植物是无知无感的呢？如果我们能以微细的心去体会，就会知道植物的欢喜或忧伤。

真是这样的，白天人多的时候，我感觉到荷的生命之美受到了抑制，躁乱的人声使它们沉默了。一到夜晚，尤其是深夜，大部分人都走光，只留下三两对情侣，这时独自静静坐在荷花池畔，就能听见众荷从沉寂的夜中喧哗起来，使无人的荷花池，比有人的荷花池还要热闹。

尤其是几处开着睡莲的地方，白日舒放的花颜，因为游客的吵闹累着了，纷纷闭上眼睛，轻轻睡去。睡着的睡莲比未睡的仿佛还要安静，包含着一些些没有人理解的寂寞。

在睡莲池边、在荷花池畔，不论白日黑夜都有情侣谈心，他们以赏荷为名来互相欣赏对方心里的荷花开放。我看见了，情侣自己的心里就开着一个荷花池，在温柔时沉静，在激情时喧哗，始知道，荷花开在池中，也开在心里。如果看见情侣在池畔争吵，就让人感觉他们的荷花已经开到秋天，即将留得残荷听雨声了。

夏天荷花盛开时，是美的。荷花未开时，何尝不美呢？所有的荷叶还带着嫩稚的青春。秋季的荷花，在落雨的风中，回忆自己一季的辉煌，也有沉静的美。到冬天的时候已经没有荷花，仍然看得见美，冬天的冷肃让我们有期待的心，期待使我们处在空茫中有能见到未来之美。

一切都美，多好！

最真实的是，不管如何开谢，我们总知道开谢的是同一池荷。

看荷花开谢、看荷畔的人，我总会想起禅宗的一则公案，有一位禅者来问智门禅师："莲花未出水时如何？"

智门说："莲花。"

禅者又问："出水后如何？"

智门说："荷叶。"

——如果找到荷花真实的心，荷花开不开又有什么要紧？我们找到自己心中的那一池荷花，比会欣赏外面的荷花重要得多。

在无风的午后，在落霞的黄昏，在云深不知处，在树密波澄的林间，乃至在十字街头的破布鞋里，我们都可以找到荷花之心。同样的，如果我们无知，即使终日赏荷，也会失去荷花之心。

这就是当我们能反观到明净的自性，就能"竹密无妨水过，山高不碍云飞"，就能在山高的林间，听微风吹动幽微的松树，远听、近闻，都是那样的好！

鳄鱼与狗打架

带孩子散步，在路上遇到一只很大的狗。孩子突然问："爸爸，如果狗和鳄鱼打架，谁会赢呢？"

对孩子的问题，我的答案常常用反问的方式，我问他："你看，鳄鱼会赢呢，还是狗会赢？"

他说："我不知道，才问你呀！"

"那，要先看是在水里打架或是在陆地上打架了。"我说。

"对了，"孩子眼中亮起光芒，"如果在水里，鳄鱼会赢；如果在地上，狗会赢。"他非常的肯定。

"也不一定。"我说，"还要看是大鳄鱼和小狗，或小鳄鱼和大狗，或者两只一样大。"

"我知道了，大狗咬小鳄鱼，大狗会赢；小狗咬大鳄鱼，大鳄鱼会赢。"小孩子的反应总是快速而直接的。

"可是，还要看什么样才叫赢呀！"

这下，孩子陷进沉思了："赢就赢了，还有什么才叫赢呢？"

我一本正经地说:"赢有好多不同呢,是咬到跑开就算赢?还是咬到流血才算赢?或者是咬到死吃下去才算赢?如果两只都受了重伤,一只先死,是谁赢呢?如果两只打起来,那没流血的先逃走,流血的还在,又是谁赢呢?可不可能两只都输或两只都赢?"

于是父子两人玩起了对一个简单问题的游戏思考,发现到即使是最简单的问题也没有绝对肯定的答案,在不同的环境与情况中可能有很多变化,也就是说,当一只鳄鱼没有和一只狗打起来,没有人真正知道情况如何。我对孩子说起在幼年时代,曾看过老鹰被乌鹫追着飞的情况,也曾看过狗被老鼠吓得夹尾巴逃窜的场面,连狗与老鼠都有特异的情景,何况是距离那么遥远的鳄鱼与狗呢?

最后,孩子下了这样的结论:"我知道了,狗和鳄鱼在一起也不一定会打架,而且,它们遇到一起是不可能的。"

我牵着孩子的手走在正在换叶的菩提树下,两人都非常满意,觉得收获不少,孩子学习到如何以不同的角度来看问题,我则学习到一个很好的命题,因为到我这个年纪,大概不会发出"如果狗和鳄鱼打架,谁会赢呢?"的问题。

其实,人生的问题也是如此,任何的输赢如果从小的时空看来,仿佛是一个定论,但若放到一个大的时空,输赢就不可定论了,一个人的输赢往往也不是外在的判定,而是自我意念的肯定。

把鳄鱼与狗打架看成是有趣的事例是好的,却不应该花太多时间作这种无关紧要的思考,在日本佛教史上有一个有名的故事,可以让我们提高警觉。

日本有一位真观禅师,在中国"留学"二十九年,回日本后传扬佛法，使日本禅学大兴。有一天，一位研究天台宗三十几年的道文法师来向他求教，问道："我自幼研习天台法华思想，有一个问题，始终不能了解。"

真观禅师说："天台法华思想博大精深，而你只有一个问题不解，可见有很高的修持，你不能理解的唯一问题是什么呢？"

道文法师问道："《法华经》上说：'有情无情，同圆种智'，意思是树木花草皆能成佛，请问，花草树木真有可能成佛吗？"

真观禅师反问道："三十年来，你挂念着花草树木能不能成佛，对你有什么益处呢？你应该关心的是你自己如何成佛才对！"

道文法师听了非常吃惊，说："我从来没有想过这个问题，那么，请问：我自己要如何成佛呢？"

真观禅师说："你说只有一个问题问我，这第二个问题就要靠你自己去解决了。"

是呀！人生的许多问题自顾不暇，哪有体力去想鳄鱼与狗打架的问题呢？我看到孩子还在低首苦思那空乏的问题，拍拍他的肩说："来，我们来看这些粉红色刚长出来的菩提叶子，脉络分明，光滑、透明，是多么美丽！"

正好一只蝴蝶从安全岛飞过，"呀！蝴蝶，一只蝴蝶！"孩子的目光望向远方，这时，鳄鱼与狗都随蝴蝶飞到不可知的远方了。

爱　水

　　孩子打破心爱的东西，伤心地哭了半天，突然停止哭泣，跑过来问：

　　"爸爸，人为什么会流眼泪呢？"接着又严肃地问："眼泪是从什么地方来的？"

　　我看到他泪痕未干，一本正经的样子，觉得很有趣，就反问他说：

　　"你觉得人为什么会流眼泪呢？"

　　"是因为伤心呀！"孩子说。

　　"那么，眼泪是从什么地方来的？是从眼睛来的吗？"

　　"我知道了，人的眼泪是从伤心的那个地方流出的。"孩子已完全忘记了忧伤的情绪，充满好奇地说。

　　"伤心的那个地方又在哪里呢？"我问他。

　　他皱眉想了半天，拍拍自己的心口，又拍拍自己的脑袋，觉得都不太有把握，说："我也不知道伤心的地方在哪里，到底是在哪里呢？"

这下可把我问倒了，是呀！伤心的地方是在哪里呢？我反问孩子："人不只伤心的时候才流泪，很高兴和很生气的时候也会流泪的，所以，伤心的地方和高兴、生气的地方是一个地方。"由于孩子养着小鸟，我就问他说："你觉得，小鸟会不会伤心呢？有没有伤心的地方？"

"小鸟也会伤心的，如果它肚子饿，我们不喂它的话。"孩子说。

"那，小鸟会不会流泪呢？"

"小鸟不会流眼泪的。"孩子思索了一下，说，"不对，不对，小鸟不会从眼睛流泪，可是它心里是会流泪的。为什么只有人会从眼睛流泪，而别的动物只能暗暗地伤心呢？"

我对孩子说起，小时候亲眼看过水牛和海龟，还有狗流泪的情景，这个世界上有许多动物都会流泪，只是粗心的人不能见及罢了。

我们花了一个多小时讨论伤心的问题，孩子听了一知半解，但他至少理解到三件事情，一是所有的动物都有一个会伤心的地方；二是愈复杂的动物，伤心的时候愈容易被看见；三是每一个人对同一件事伤心的感受都不一样。

最后，他终于郑重地宣布了他悟到的大道理，他说："我知道为什么我打破杯子，妈妈伤心而我不伤心；而我打破玩具，我伤心爸爸不伤心了。每个人都有伤心的地方，但是每个人的伤心都不一样。"这使他完全忘记了刚刚伤心的原因，高兴地跑走了。

我却因此陷入沉思，这是一个多么好的启示，人的眼泪是有世界性的，既然投生为人，就必然会伤心，必然会流泪。有许多号称从来不流泪的人，只不过是成人以后的自我压抑，当遇到真正伤心的时刻，或者真心忏悔的时候，或者在无人看见的地方，还是会悄悄落下伤心之泪。

泪，乃是爱之凝聚。这世界上只有两种人不会流泪，一种是完全没有爱，铁石心肠的人。一种是从爱中超脱出来，不被爱所束缚与刺伤的人。

眼泪，是作为人的本质之一，在《楞严经》中，佛陀早就有精辟的见解，他对弟子阿难说：

因诸爱染，发起妄情。情积不休，能生爱水。是故众生，心忆珍馐，口中水出。心忆前人，或怜或恨，目中泪盈。贪求财宝，心发爱涎，举体光润。心着行淫，男女二根，自然流液。阿难！诸爱虽别，流结是同，润湿不升，自然从坠。

由人的欲望所分泌的都称为"爱水"，也是使人在轮回中升沉的重要原因。如何在心海的爱水中飞升超越，在每一次的伤心中寻找智慧，才是人最重要的事！

掌　上

　　布袋戏的历史起源有一则动人的故事。相传在明朝，有一位泉州秀才梁炳麟赴京去会考。

　　考完试以后，梁炳麟自觉考得不错，心情愉快地回泉州等待放榜，途经扬州借宿在一间天公庙里，晚上睡觉时就梦到福禄寿三仙在唱词作乐，词意优雅，清晰可闻。第二天，梁炳麟起床自以为得了吉兆，就到大殿去抽签，结果他抽中的签是上上签：

　　　　三篇文章入朝廷，
　　　　中得三顶甲文魁：
　　　　功名威赫归掌上，
　　　　荣华富贵在眼前。

　　他当下以为一定可以高中状元，就兴致勃勃回到泉州等待佳音，放榜时竟然名落孙山。梁炳麟心灰意冷，百思不得其解为什么神明要作弄他。

后来他借刻木偶演戏来发抒自己的情感，并自创戏文，演给乡亲娱乐，没想到大受欢迎，在泉州一带造成轰动，常有人不辞千里走路来看他演戏。梁炳麟心里找到寄托，从此无意仕途。

有一天，他正在演出一出文状元的戏时，突然想起从前抽签的签诗："功名威赫归掌上，荣华富贵在眼前"，才知道签诗中有深远的含义。

梁炳麟自此更潜心创发布袋戏，成为布袋戏的一代宗师，他的徒子徒孙更进一步发扬他的技艺，使布袋戏成为明朝以来闽南最重要的戏剧形式，梁炳麟也因此名传青史。

这是一个动人的故事，古来多少状元，如今大多烟消云散，他们一世功名瞬间无踪，还不如梁生的"功名归掌上"哩！

从前布袋戏团在戏台柱子上常会写一些有趣的对联，例如：

千里路途三两步，
万里岁月一夕间。

做字中有古，故作今观，观尽花花世界；
戏字半边虚，虚戏真看，看来件件人情。

入吾门公侯将相，
出师官士农工商。

忠孝两全三义节，

文武高升万里侯。

有一些对联真是值得深思的。布袋戏祖师梁炳麟，到他成名时才悟出了"功名威赫归掌上"的真义，如果我们把层次再往上提升，就会发现不只是布袋戏，人生的一切事物，到最后不多是在自己的掌上吗？功名威赫固然在掌上，潦倒一生又何尝逃出了掌心呢？

在布袋戏台，布袋戏演师才是唯一的主角，他手上的几百个布偶，只是他意念的表白和流露，他的手主掌了几百个布偶的生死、善恶、祸福，散戏的时候，他把幕合上，抽身而出，戏台就归于安静了。但是我们把时空拉大，看杰出的布袋戏演师在人间里生活，蹲在街角喝一碗蚵仔面线，那感觉，何尝不是他手中的一具布偶呢？

我们看布袋戏时，常常被戏激动得五内如沸，那不是我们不清楚只是布与木头的组合，而是我们感受到布偶被灌注的性灵，驱迫着布偶去经验一段生命的道路，那些道路是我们可感受，并为之动容的。

曲终人散，布偶被收进箱子时，我们从戏台前离开总有怅然若失之感，那是由于没有一出戏是有终结的，我们总要等待明天的连续。有时，从戏台棚前走出，我会有一种错觉，如果把我们的性灵抽离，我们也只是人生舞台上的一具木偶，我们之所以能看戏，被剧情感动，并在散戏时能欣赏夜色，乃是我们有一个不灭的灵明。

如果我们把连续、永无终止的戏文当成是一种真实，我们就会知道，在人生里与布袋戏并无二致，我们每天穿过时空，一小时一小时度过，有白天与黑夜的段落，其实也只是感觉问题，小时与小时间并不分隔，日与夜间也不离开，我们只是在流动着罢了。在我们出生之前，时空已经存在，在我们死亡之后，时空也还是存在着。

我们把注意力集中在木偶，木偶就充塞了整个戏台，一旦我们注意力离开了，木偶是极端渺小的；当我们把重点摆在自己每天的生活，会以为自己是世界的中心，一旦我们看到广大的时空，我又与渺小的木偶有什么不同呢？

木偶是在掌上，我们也是在掌上。

不同的是，木偶完全操纵在别人的掌中，我们如果愿意，却可以用双掌来创造新的天地。

掌，是多么渺小。但我们把双掌摊开，却看到掌也是十分复杂，我相信这世界没有一个人能完全清楚自己掌上的每一条纹。命相者可以从掌纹推测一个人的命运，而指纹分析者却指出了，世界上没有相同的两枚指纹，也即是说没有两个人命运是完全相同的。

掌，又是多么的大。这世界就是由许许多多不同的掌所推动、所创造，同时，世界的堕落与败坏，也是许许多多的掌所转动的。

掌，是我们的宿命，同时也预示了不可知的未来，纳须弥于芥子，乾坤只是一粟，生命不也是涵容在一双手掌吗？

有一次我遇到一位有修行的老者，请他用最简单的开示来谈自己的修行。他说："只是身口意三个字。""一天也是身口意，每天想想自己说了什么、做了什么、想了什么。一月也是身口意，一年也是身口意，一生也是身口意，照顾自己的身口意，就是最实际的修行。"

许多事说起来简单，但照顾身口意何尝容易，如果我们每天摊开手掌问问自己："我这双掌过去做了什么，现在在做什么，将来又要做什么呢？"

能这样，就仿佛手上有一个戏台，可以演我们自己想演的戏了。

以智慧香而自庄严

有时会在晚上去逛花市。

夜里九点以后，花贩会将店里的花整理一遍，把一些盛开着的、不会再有顾客挑选的花放在方形的大竹篮推到屋外，准备丢弃了。

多年以前，我没有多余的钱买花，就在晚上去挑选竹篮中的残花，那虽然是已被丢弃的，看起来都还很美，尤其是它们正好开在高峰，显得格外辉煌。在竹篮里随意翻翻就会找到一大把，带回家插在花瓶里，自己看了也非常欢喜。

从竹篮里拾来的花，至少可以插一两天，甚至有开到四五天的，每当我把花一一插进瓶里，会兴起这样的遐想：花的生命原本短暂，它若有知，知道临谢前几天还被宝爱着，应该感叹不枉一生，能毫无遗憾地凋谢了。

花的盛放是那么美丽，但凋落时也有一种难言之美，在清冷的寒夜，我坐在案前，看到花瓣纷纷落下，无声地辞枝，以一种优雅的姿势飘散，安静地俯在桌边，那颤抖离枝的花瓣时而给我是一瓣耳朵的错觉，仿佛在倾听着远处土地的呼唤，闻着它熟悉的田园声息。那还留在枝上的花则是眼睛一样，努力张开，深情地看着人间，那深情的最后一瞥真是令人惆怅。

每一朵花都是安静地来到这个世界，又沉默离开，若是我们倾听，在安静中仿佛有深思，而在沉默里也有美丽的雄辩。

许久没有晚上去花市了，最近去过一次，竟捡回几十朵花，那捡来的花与买回的花感觉不同，由于不花钱反而觉得每一朵都是无价的。尤其是将谢未谢，更显得楚楚可怜，比起含苞时的精神抖擞也自有一番风姿。

说花是无价的，可能只有卖花的人反对。花虽是有形之物，却往往是无形的象征，莲之清净、梅之坚贞、兰之高贵、菊之傲骨、牡丹之富贵、百合之闲逸，乃至玫瑰里的爱情、康乃馨的母爱都是高洁而不能以金钱衡量。

花所以无价，是花有无求的品格。如果我们送人一颗钻石，里面的情感就不易纯粹，因为没有人会白送人钻石的；如果是送一朵玫瑰，它就很难掺进一丝杂质，由于它的纯粹，钻石在它面前就显得又俗又胖了。

花的威力真是不小，但花的因缘更令人怀想。我国民间有一种说法，说世上有三种行业是前世修来的，就是卖花、卖香、卖伞。因为卖花是纯善的行业，买花的人不是供养佛菩萨，就是与人结善缘，即使自己放置案前也能调养身心。卖香、卖伞也都是纯善的行业，如果不是前世的因缘，哪里有福分经营这么好的行业呢？

卖花既是因缘，爱花也是因缘，我常觉得爱花者不是后天的培养，而是天生的直觉。这种直觉来自善良的品格与温柔的性情，也来自对物质生活的淡泊，一个把物质追求看得很重的人，肯定是与花无缘的。

有一些俗人常把欣赏花看成是小道，其实不然，佛教两部最伟大的经典《妙法莲华经》《大方广佛华严经》就是以花来命名的，而在三千大千世界里每一个佛的净土，无不是开满美丽的花、飘扬着花香，可见爱花不是小道。

佛经中曾经比喻过花香不是独立存在的，一朵花的香气和整枝花都有关系，用来说明一个人的完成是肉体、感觉、意识、自性、人格整体的实践，是不可分离的。一枝花如果有一部分败坏，那枝花就开不美，一个人也是一样，戒行不完满就无法散放出人格的芬芳。

爱花的人如何在花中学习开启智慧，比只是痴痴地爱花重要。在《华严经》中有一位名叫优钵罗华的卖香长者，曾说过一段有智慧的话："如诸菩萨摩诃萨，远离一切诸恶习气，不染世欲永断烦恼众魔罥索。超诸有趣，以智慧香而自庄严，于诸世间皆无染着，具足成就无所着戒、净无着智，行无着境、于一切处悉无有着，其心平等，无着无依。"长者虽是从卖香而得到智慧，与花也是相通的，我们如果能自花中提炼智慧之香，用智慧之花来庄严心灵，还有什么能染着我们呢？

花的美是无常的，世间的一切何尝不是花般无常？若能体会无常也有常在，无常也就能激发我们的智慧，我曾试写过一首偈：

日日禅定镜

处处般若花

时时清凉水

夜夜琉璃月

　　这世间，"镜花水月"是最虚幻和短暂的，唯其如此，才使我们有最深刻的觉醒，激发我们追求真实和永恒的智慧。

　　当我们面对人间的一朵好花，心里有美、有香、有平静、有种种动人的质地，会使我们有更洁净的心灵来面对人生。

　　让我们看待自己如一枝花吧！香给这世界看，如果世界不能欣赏我们，我们也要沉静庄严地开放，倾听土地的呼唤，深情地注视人间！

卷二　曼陀罗

高僧的眼泪

有一位中年以后才出家的高僧，居住在离家很远的寺院里，由于他有很高的修持，许多弟子都慕名来跟随他修行。

平常，他教化弟子们应该断除世缘，追求自我的觉悟，精进开启智慧，破除自我的执着。唯有断除人间的情欲，才能追求无上的解脱。

有一天，从高僧遥远的家乡传来一个消息，高僧未出家前的独子因疾病而死亡了。他的弟子接到这个消息就聚在一起讨论，他们讨论的主题有两个，一是要不要告诉师父这个不幸的消息，二是师父听到独子死亡的消息会有什么反应。

他们后来得到共同的结论，就是师父虽已断除世缘，孩子终究是他的，应该让他知道这个不幸。并且他们也确定了，以师父那样高的修行，对自己儿子的死一定会淡然处之。

最后，他们一起去告诉师父不幸的变故，高僧听到自己儿子死亡的消息，竟痛心疾首流下了悲怆的眼泪，弟子们看到师父的反应都感到大惑不解，因为没想到师父经过长久的修行，仍然不能断除人间的俗情。

其中一位弟子就大着胆子问师父："师父，您平常不是教导我们断除世缘，追求自我的觉悟吗？您断除世缘已久，为什么还会为儿子的死悲伤流泪？这不是违反了您平日的教化吗？"

高僧从泪眼中抬起头来说："我教你们断除世缘，追求自我觉悟的成就，并不是教你们只为了自己，而是要你们因自己的成就使众生得到利益。每一个众生在没有觉悟之前就丧失了人身，都是让人悲悯伤痛的，我的孩子是众生之一，众生都是我的孩子，我为自己的儿子流泪，也是为这世界尚未开悟就死亡的众生悲伤呀！"

弟子听了师父的话，都感到伤痛不已，精进了修行的勇气，并且开启了菩萨的心量。

这实在是动人的故事，说明了修行的动机与目标，如果一个人修行只是在寻求自我的解脱，那么修行者只是自了汉，有什么值得崇敬呢？只有一个人确立了修行是为得使众生得益，不是为了小我，修行才成为动人的、庄严的、无可比拟的志业。

从这个故事我们可以找到大乘佛法的真精神，大乘佛法以慈悲心为地，才使万法皆空找到落脚的地方。也可以说是"说空不空"，无我是空，慈悲是不空。虽知无我而不断慈悲，故空而不空；虽行慈悲而不执有我，故不空而空。当一个人不解空义的时候，他不能如实知道一切众生和己身无二无别，则慈悲是有漏的，不是真慈悲。这是为什么高僧要弟子先进入空性，才谈众生无别的慈悲。

进入空性才有真慈悲，在《华严经》里说：

> 菩萨摩诃萨入一切法平等性故，不于众生而起一念
> 非亲友想。设有众生，于菩萨所，起怨害心，菩萨亦以
> 慈眼视之，终无恚怒。普为众生作善知识，演说正法，
> 令其修习。譬如大海，一切众毒，不能变坏，菩萨亦
> 尔。一切愚蒙、无有智慧、不知恩德、嗔恨顽毒、憍慢
> 自大、其心盲瞽、不识善法、如是等类、诸恶众生、种
> 种逼恼、无能动乱。

这是多么伟大的境界，想一想，如果菩萨没有进入“一切法
平等性”，如何能承担众生的恼乱、爱惜众生如子呢？

佛陀在《涅槃经》里说：“我爱一切众生，皆如罗睺罗（罗睺
罗是佛陀的独生子，后随佛出家）。”也无非是说明众生如子。菩
萨与小乘最大的区别，就是慈悲，例如佛教说三毒贪嗔痴是一切
烦恼的根源，修小乘者断贪嗔痴，修大乘菩萨则不断，反而以它
来度众生。为什么呢？月溪法师说：“贪者，贪度众生，使成佛
道。嗔者，呵骂小乘，赞叹大乘。痴者，视众生为子。”菩萨不
断贪嗔痴，非是菩萨有所执迷，而是慈悲众生，所以不断。

什么是慈悲呢？并不是我们一般说的同情或怜悯，“与乐曰
慈，拔苦曰悲”，把众生从苦中救拔出来，给予真实的快乐才是
慈悲。

佛法里把慈悲分成三种：一是“众生缘慈悲”，就是以一慈悲
心视十方六道众生，如父、如母、如兄弟姊妹子侄，缘之而常思

与乐拔苦之心。二是"法缘慈悲",就是自己破了人我执着,但怜众生不知是法空,一心想拔苦得乐,随众生意而拔苦与乐。三是"无缘慈悲",就是诸佛之心,知诸缘不实,颠倒虚妄,故心无所缘,但使一切众生自然获拔苦与乐之益。

要有"众生缘慈悲"才能进入"法缘慈悲"和"无缘慈悲",若没有众生的成就、缘的成就、慈悲的成就,大乘行者是绝对不可能成就的。高僧的眼泪因此而流,在这娑婆世界的菩萨们见到众生愚迷、至死不悟,何尝不是日日以泪洗心呢?

云　水

从前的寺院，把游方僧人称为"云水"，云水有两层意思，一是游方行脚的僧人就像行云流水，自在无碍。一是他们如云在天，如水在瓶，自然地生活着。

我非常喜欢"云水"的意象，因为它呈显了一个人从心灵到生活无可比拟的自由与高洁，它不只是生活四处流动的描写，也是人格高洁的象征。

居住在寺院里挂单的云水僧人，他们总是做着一般人认为最卑贱的工作，例如扫地、烧饭、捡柴等等的劳动，可是不管多么卑贱的工作，丝毫不会灭损他们的威严，他们常把粗鄙的劳动当成是神圣的，认为可以养成谦让的人格和温和的心。

在佛教里，特别是禅宗有强烈的云水风格，那是由于禅师常必须到四处去参访，寻求师父的印可，并且，云水本身就有着禅的本质——自由自在、单纯朴素、身心调柔、流动无滞。

从前的云水僧所拥有的东西就是一衣一钵，他们每天只有日中一食，过午就不再进食了。他们到寺院挂单，只有一个席子大的地方，他们就在这个地方坐禅、冥想，及睡眠。他们过着非常简朴的生活，做十分粗重的工作，是希望在单一的身心中，发现生命的本质，或在流动之中，抓取本来面目。以禅的语言来说，就是"明心见性"。

有趣的是，云水僧的生活是一种自我的抉择，它没有一定的教育方式，也没有一定的毕业时间，云水到了一个寺院，追随一位禅师，有的可能一见面就开悟，第二天就离开了；有的可能住了二十年，还没有得到开启。那是因为有没有获益只有自心最为清楚，在云水的生活里是没有"伪善"的，他们依靠真诚和虔敬的信念生活，他们强调根本经验，也可以说是"心的经验"。

在云水僧的参访里还有一种可贵的精神，就是到了有师有法的地方，自己如果没有开悟，则即使被老师打死也不离开（这是为什么许多禅师接受非人的棒打呵斥，甚至推落悬崖还甘心受教的原因）。反之，在无师无法的地方，则一刻也不肯多留（云水们表面上不太在乎时间，实际上是爱惜生命而勇猛精进的人）。此所以，行云流水并不是马马虎虎，而是希望彻底洞见生命的真实，抛弃一切粉饰，得到真正的解脱，老师与教法是能帮助解脱的，所以禅者对老师有着绝对的服从。

最动人的地方是，我们在中国禅宗里看到的云水都非常痛快、活泼、明朗、开阔，甚至是有说有笑有血有泪的，我们从公案里看到他们动人的风格，他们有着清明的心灵与坚强的体魄，真的就像飞行的云和奔流的水一样，充满了强烈的生命力。在禅宗历史上，我们几乎找不到一个脸色苍白、暮气沉沉、呆板沉滞的人物。这使我们体会到，禅，乃至生命，都要有开朗壮阔庄严的风格，才能触及最内部的本质。

从"云水"的生活里，我们可以体会的东西还非常多，以入世法来说，例如知道尊严的人格比工作贵贱重要得多；例如只有简单素朴的生活才能更接近生命的真实；例如自我教育才是教育中最有效的方式。

生活在现代社会的人，已经很难想象云水僧人的生活，那是因为我们在低劣的物质主义波涛下，在冷漠的机械化的风浪中，很少人能有安静的地方和安静的时间来安身立命。我相信，忙乱的现代生活对于人的品质是有损害的，使人难以昂首阔步从容如云水地走向自己的道路。

在这种情境下，如何维持心灵里云水的空间，或者创造一个行云流水的心灵世界，是急切而重要的，否则，我们会在环境的包围中急速堕落，甚至忘记我们除了有一个叫"身体"的东西，另外还有一个叫做"心"的东西存在！

云与水才是心的实相，身体只不过是云的影子和水的浮沤！

如　意

从前在寺庙里看过一尊文殊师利菩萨，白玉雕成，十分晶莹剔透，相貌庄严中有一种温柔安详之美，连他坐的青狮子都是温柔地蹲踞着。

更引人注意的是，他手里拿着一个巨大的如意，从左肩到右膝那样巨大地横过胸前。我从小就喜欢如意的样子，看到如意，总让我想起天上的两朵云被一条红丝线系着，不管云如何飞跑，总不会在天空中失散。

所以，当我看到文殊菩萨手里拿着巨大如意时，心里起了一些迷思。文殊菩萨是象征智慧的菩萨，他通常是右手持宝剑，表示要斩断烦恼；左手拿青莲，象征智德不受污染。为什么这尊文殊，却拿一个这样大的如意呢？

如果从名字来看，"文殊"是"妙"的意思，"师利"是"吉祥"的意思，因此"文殊师利"也是"妙吉祥"的意思，那么他手持如意也就没有什么可怪了。

这是我从前的看法，几年以后我才悟到文殊为什么手里要拿如意，虽然经论上说如意是心的表相，所有的菩萨都可以拿它。可是手拿智慧之剑主司智慧的文殊菩萨，手里拿着如意就有很深刻的象征了。

它象征：唯有有智慧的人，才能如意！

它象征：智慧才是使我们事事如意的法宝！

它象征：唯有智慧，才能使我们妙吉祥！

这是多么伟大的启示！一般人总是要求生活里事事如意，事事顺随我们的意念与期待去完成。可是在现世里，事事如意竟是不可能完成的志业，从人类有历史以来，就很少人能依照自己的意念去生活，即使贵如帝王，也有许多不能如意的苦恼。那是因为我们通常把如不如意看待成事物所呈现的样貌，而忘记了如意"盖心之表也"，如意是心与外在事物对应的状态。

我们从世俗的眼光来看，如意本来的名字也叫"搔杖"，是古人用来搔背痒的工具，因为它可以依人的意思搔到双手搔不到的地方，所以叫做如意。"搔杖"是鄙俗的，"如意"便好听得多，由于它的造型特殊，竟发展成吉祥的象征。古代帝王，常常把最好的玉刻成如意，逐渐使如意远离了搔杖，成为中国最高高在上的艺术品。

其实，如意原是如此，当我们智慧开启的时候，往往能搔到手掌不能触及的黑暗的痒处；当我们有了智慧，就能如如不动地以平常心去对待一切顺逆困厄，然后才能事事如意。

原来事事如意不是一种追求，而是一种反观。因为，如意的"意"字，不在外面，而在里面，是一切生活，乃至生命的意念之反射，我们如果能坦然面对生活，时常保持意念的清净，事事如意才是可能的。

对意念的反观，不仅是如意的完成，也是最基本的修行，这使我们想到达摩祖师的"大乘入道四行"，他指出进入大乘道的四种修行，一是报冤行，二是随缘行，三是无所求行，四是称法行。

"报冤行"就是当我们受苦的时候，意念上要想这是我无数劫来因无明所造的冤憎，现在这些恶业成熟了，我要甘心忍受，不起冤诉，这样就能"逢苦不忧"。

"随缘行"就是遇到什么胜报荣誉的事，要知道这只是因缘，是因为过去种了好的因，今天才得了好报，因缘尽了就没有了，有什么好欢喜呢？这样想就能"得失从缘，心无增减，喜风不动，冥顺于道"。

"无所求行"就是"世人长迷，处处贪着，名之为求。智者悟真，理将俗反，安心无为，形随运转"。因为了达万都是空性，所以能舍弃诸有，息想无求，这样就能"有求皆苦，无求乃乐"。

"称法行"就是把性净之理，目之为法，知道自性清净，不受染着、没有分别，信解这个道理去做就是称法行。当我们了达自性清净，那么修行六度而无所行，则能自行，又能利他，庄严菩提的道路。这样就能"法无众生，离众生垢故；法无有我，离我垢故"。

达摩的"四行观"一向被看成中国习禅解脱法的要义，但如果我们把它落实到生活，他讲的不就是使我们"事事如意"的方法吗？事事如意的本质并不在永远有顺境，而是在意念上保有清明来加以转动，这正是"境由心造"。

与其追求外境的如意，不如开启智慧的光明来得有用了。

如意正如它的造型，是红线上系的两朵白云，我们抓住红线，白云就能任我们转动，不至于失散隐没于天空。"意"是云，"如"是红线。

"有智慧的人才能事事如意"正是文殊菩萨手持如意的最大启示！

善　听

　　在大部分地藏菩萨的塑像中，我们会看见他的身旁蹲着一只狗，这只狗有很好听的名字，叫做"善听"。就像许多菩萨的坐骑，文殊菩萨的青狮子、普贤菩萨的白象、孔雀明王菩萨的孔雀一样，这只"善听"常常给我非常美丽的联想。

　　传闻"善听"的两耳，一只耳可以上听十方诸佛菩萨的法音，另一只耳可以下闻人间与恶道众生求告的声音，所以在许多画像里，都把"善听"的耳朵一只竖起，一只垂下。两只不平衡的耳朵，使"善听"看起来十分有精神，随时保持着警觉一般。

　　我对"善听"感到亲切的原因，一是我童年时代养的几只土狗，就是一耳竖起、一耳垂下，它们虽然没有名种洋犬那样名贵，却是忠心耿耿、感觉灵敏，非常通人性。二是"善听"不像文殊的青狮子或普贤的白象，非凡间之物，而是一只地藏菩萨的爱狗，青狮的威猛令人肃然，白象的优雅令人崇敬，却都没有白犬善听来得亲切。

唐朝以前的地藏菩萨法像，是没有白犬善听陪伴的。原因是，地藏菩萨虽是早就深植人心，但在新罗国的金乔觉王子来中国之前，中国人对地藏菩萨的形象还没有深刻的印象。

新罗国的王子金乔觉从小就仰慕佛法，他在二十四岁时发心出家，法名就叫"地藏"，他十分向往我国的佛法，在唐贞观四年，携带他的爱犬"善听"，到我国来参学。

"地藏比丘"在中国各地游化参访了数年，后来到了安徽省九华山，看到风景地势都好，就在山上结庐苦修，在长达多年苦行里，唯一陪伴他的就是"善听"。

后来，被一位诸葛长者游山时发现，才为他盖了一座寺院。当时的地方富豪闵阁老发心要捐出一块地，就去问地藏比丘需要多少地，地藏比丘说："只要一件袈裟覆盖的地就够了。"闵阁老一口答应，没想到地藏比丘把袈裟一撒，竟盖满了整座九华山。闵阁老一看大喜，不但把整个九华山捐出，还叫自己的儿子随地藏大士出家，法号"道明"。

现在我们看到有的地藏菩萨圣像两侧有两位侍者，一位正是大护法者闵公，另一位是他的儿子，也是后来的道明法师，菩萨座前的则是白狗"善听"。

地藏比丘在九华山的神通事迹很多，一般人都相信他是地藏菩萨的应化示现，所以把九华山当成是地藏菩萨的道场。

在九华山，地藏比丘共住了七十五年，再也没有回过新罗，他活到九十九岁，唐朝开元二十六年七月三十日涅槃，坐缸三年，开缸时颜貌如生，骨节还能活动，如撼金石，一直到现在，地藏比丘的肉身还供奉在九华山上。

地藏比丘的生平记载在《高僧传》与《神僧传》里，是确有其人，实有其事，可惜的是，他的传记里却对"善听"着墨不多，由于大家都相信"善听"是地藏菩萨的侍者，从此就在中土流传了下来。

　　在礼拜地藏菩萨之时，我注视礼敬他身前的白狗"善听"，就觉得身心得到了巨大的启示。即使是俗世中一只平凡的狗，都对声音比人敏感细致，常能听闻远方的消息，可以分辨人的善意或恶念，何况是地藏身旁灵慧的"善听"呢！

　　善听，是三学里"闻"的起步，由于善听，使我们可以深切体会环境；由于善听，我们可以听见自我微妙的心灵；由于善听，我们才能"上合十方诸佛本妙觉心，与佛如来同一慈力；下合十方一切六道众生，与诸众生同一悲仰"。

　　我们要以什么样的心情来听闻这个世界呢？在听闻这个世界时我们的心要如何开启与对应呢？在欢喜的波涛里，我们要如何平静对待；在悲哀的浪潮中，我们又应如何不动地面对呢？

　　众生是我，我是众生；众生是菩萨的成就，菩萨是众生的圆满。在这浩瀚的宇宙，我们和菩萨众生都是一体的，我们怎么样对待自己，就是在对待众生，我们如何听闻菩萨与众生的声音，也就是在聆听自己的心声呀！

　　就让我们跟随地藏菩萨的愿力前进，去拯救恶道里的众生，也让我们跟随地藏伟大的侍者善听，张开我们内心的耳朵，深刻地、敬谨地、宽容地、充满关怀地来倾听这个世界吧！

智慧是我耕的犁

有一天，佛陀到了一座名叫一那罗的村落乞食，走到一个婆罗门农夫的农田附近。

那时已近中午了，婆罗门农夫正在分送食物给五百位犁田的工人，看到佛陀正托钵远远走来，他故意为难地对佛陀说："瞿昙（佛陀的名字）！我今天努力地耕田下种，才能得到食物，你也应该像我一样耕田下种，才有资格得到食物呀！"

佛陀听了并不生气，他回答道："我也是耕田下种来得到我的饮食呀！"

婆罗门说："我们从来没有人看过你下田耕作，你说你也下田，那么，你的犁在哪里？你的牛在哪里？你的轭、你的镵、你的牛鞭又在哪里？你又是播什么种子呢？你是如何耕田的呢？"

对于咄咄逼人的婆罗门，佛陀以一种极宽容慈悲的态度来面对，他对婆罗门和围聚在旁边的工人说了一首偈：

信心为种子，苦行为时雨；

智慧为犁轭，惭愧心为辕。

正念自守护，是则善御者；

包藏身口业，如食处内藏。

真实为其乘，乐住无懈怠；

精进无废荒，安稳而速进；

直往不转还，得到无忧处。

如是耕田者，逮得甘露果；

如是耕田者，不还受诸有。

这首偈非常优美，同时也说出了佛陀的基本教化和精神，译
成白话是：

信心是我播的种子，苦行是灌溉的雨水；

智慧是我所耕的犁，惭愧心是我的车辕。

我以正念守护自身，如同驾御我的耕牛；

抑制身口意的恶业，就像在我田里除草。

我用真实作为车乘，乐住其中而不懈怠；

精进耕作而不荒废，并且安稳快速前进；

我一直前进不退转，到达了无忧的所在。

这才是真正的耕田，能耕植出甘露果实；

这才是真正的耕田，不再受轮回的痛苦。

佛陀说完这首偈，婆罗门大为感动，禁不住赞叹说："您才

是世界上最会耕田的人呀！"于是盛了满钵最香美的食物供食佛陀，佛陀没有接受他的食物，说："不因说法故，受彼食而食；但为利益他，说法不受食。"因为在佛制里，说法是纯粹利益他人的行为，不能为了食物而说法。

这个故事出自《杂阿含经》，是佛陀所说的"耕心田之法"，也明白说出"比丘"和"乞丐"的不同。在佛陀的时代，比丘固然以乞食延续生命，却不同于一般的乞者。所谓"比丘"，就是上从如来乞法以练神，下就俗人乞食以资身，俗世乞人只乞衣食不乞法，所以不能称为"比丘"。

从前，佛陀在舍卫国乞食的时候，遇到一位年老的乞丐，乞丐就说："佛陀摄杖持钵乞食，我也挂杖持钵乞食，我应该也算做比丘了。"佛陀就为他说了一首偈："所谓比丘者，非但以乞食；受持在家法，是何名比丘？于功德过恶，俱离修正行；其心无所畏，是则名比丘。"老乞丐听了大有所悟，终于从乞者成为比丘。

在这个世界上，我们不能完全不依赖别人而独自活存，因此必须怀着宽容与感恩的心情。从前，大部分人是农夫，他们可以坦然地说是自耕自食，现在只有少部分人是农夫，大部分人都不能亲自到田里播种和耕田了，我们究竟凭什么受食而不感到惭愧呢？

我想，每个人都应该回到自我，先来耕自己的心田，播种信心、开发智慧、精进努力，追求真实的自我、拔除妄念的杂草，这样才能不愧于天地的养育，坦然地前进呀！

大地的证据

喝了牧女供养的牛奶，悉达多太子恢复了体力，他站起来，涉水过河，走到菩提树下，敷草为座，面向东方，在菩提树下结跏趺坐。

悉达多对自己发出一个坚决的誓言："不成正觉，不起此座，我道不成，至死不起。"他宏大的誓愿化成澄净的心水遍满整个虚空，使空中都充满了法的欢喜。

唯一不欢喜的是魔王魔罗，他深为悉达多的誓愿感到惊惧和愤怒，因为魔罗一向主掌人心中的贪婪、嗔恨、愚痴、傲慢、猜疑、忧愁与怨毒，如果悉达多寻找到断除贪嗔痴慢疑之法，魔道将会被摧毁。

为了阻止悉达多，魔王就想尽办法要扰乱悉达多，先以风雨雷电来攻击他，虽然把菩提树周围的一切都摧毁了，因悉达多甚深的禅定，菩提树下竟一动也不动。魔王又下令魔众化成种种恶形动物去攻击他，也不能接近。魔王再下令魔众发出无数怨毒的箭射向悉达多，当毒箭射到菩提树荫时都化成美丽的莲花瓣飘落在地上。

发现恶事不能惊动悉达多的魔王，唆使魔众都化成妖冶无比的少女，去媚惑他，希望能唤起悉达多对宫殿享乐的记忆，但这些都不足以动摇悉达多的决心。

魔王感到无望，最后，他走到悉达多的面前，对他说："你以为你成正觉会成功吗？在你之前多少比你伟大的修行人想成正觉，最后都失败了。而你，先是浪费了二十九年在声色犬马之中，然后浪费了六年做无益的苦行，现在你在此静坐，就希望能突然开启无比的智慧吗？比起从前比你用功的修道者，你的想法是多么傻呀！现在你马上停止静坐，否则，你指给我看只有你会成功的证据，如果你举得出证据，我就不再干扰你！"

悉达多完全不在意魔王的嘲讽，他温和地举起膝盖上的右手，指向前方，按触大地！

为什么悉达多要按触大地呢？因为，在无始轮回生死里，他的前生已经做过无数追求正觉的修行，目的就是追求最高的无比的觉悟，他的从前虽已过去，但一切的修行都在大地上留下证据，大地就是他的证据。

魔王看到悉达多手按大地，知道已彻底失败了，就如同噩梦一样自大地退去！于是风雨停歇、空气流动着芳香，悉达多在月光下进入禅定三昧，他彻悟了无上正直之道。当他内心澄澈地张开眼睛，站起时，太阳正从东方升起，满地金光，有如面带着笑容的悉达多，以圆满的智慧与慈悲照耀了整个大地。

我每次读佛陀的传记到这里都深受感动，在这个世界上有无数寻找正觉的人，什么是他们忍苦修行、永不退悔的证据呢？就是我们眼前这一片沉默的大地呀！我们在世间所行的一切都会在永恒的时空中留下证据，这是连魔王都感到畏惧的。一个人所行的一切，包括慈悲、智慧、修行、愿力并不是做完就没有了，而会留下来，带到来生的下一个时空，生命就是这样连结起来，无数善行与慈悲的连结，都是在通向佛的道路，这是为什么悉达多指着大地的原因，大地正是他成佛的证据。

土地，以能生为义，又以所依为义。大地能生万物，又是万物所依靠，所以在大乘经典上把菩萨的修行分为十地。后来许多修行者都告诉我们，应该以大地作为修行的榜样，可以说是佛陀按触大地的启示。

民初高僧慧明法师有一次谈到"心地法门"，对大地有极深辟的开示，他说：

> 吾人自心，本来无量遍满，能生万法，亦如地具有博大深厚之德，能生万物，故以为喻。地之所以能生万物者，以其能任运随时，行所无事，浑然无知，寂然不动，而众生迷真逐妄，见境生心，遇物即动，于是自蔽灵明，转增障碍……地能生一切物、能载一切物、能容一切物。而且生一切物，是来养育众生，而不自私自利；载一切物，是大小兼收，净秽一体，而无取舍分别之见；容一切物，听人污秽毁凿，寂然不动，而无厌拒嗔恚之念；所以称为大地。假使吾人的心量，能够与地同其大，能够同地一样利他，无取舍嗔恚的我执，一切

不动，便不难与真如本心相契，还有不成就的吗？

这是多么深辟的见解！使我们知道"心"与"地"的一些关系，也了解大地给我们的启示。我们再回头看佛陀在菩提树下，沉默地指按大地的一刹那，原来指的不仅是面前的大地，也是心的大地——我们所行的一切，都会在自己的心地留下刻痕，一个人能不能成功只有自心才知道。

大地是我们的证据，心地也是我们的证据，这正是佛陀伏魔的伟大教化。我们每天走过大地时，有没有想过在生死流浪中走过多少次同样的大地？在随业浮沉里多少次和大地会面？我们走过大地的次数已经够多了，但有没有学地之量、法地之德？能不能像地一样大，能不能养育众生，能不能兼收并容听人污毁而不动，能不能没有一切分别呢？

我们有没有把从大地的眼光收回，好好观照过自己的心地呢？

只有我们时常这样反省思考，一边努力在心地上用功，一边在人间大地上实践，我们才能体会到佛陀当年在菩提树下，手按大地而使风雨停歇的伟大教化。

女身成佛道

有一次遇见一位事业有成的女性，聊起了佛法，这位女士感叹地说："我不能信仰佛教！虽然佛教的教义很伟大，几乎什么都好，可是佛教歧视女性，这一点我是无论如何也不能赞同的。"

我觉得非常奇怪，就问她说："你怎么会有这种奇怪的印象，认为佛教歧视女性呢？"

她说到，有一次和几位在社会上都被公认为很成功的女性朋友，到一家医院去探视病人，在医院的架子上有一些"善书"赠送，有佛教、天主教、基督教，还有一些别的教派的书。她们取了一本佛教的书，没想到那本书一开头就说，女人的业障深，欲望重，如果要以女身成佛道是绝不可能的，还说到，女人是五漏之身，男人比女人多修五百世等等。

"我们几个人看了大为吃惊，我们虽然不信佛，对佛教的精神义理都是十分崇敬的，看了这一段却大打折扣，原来，佛教连男女都不平等了，还讲什么众生平等呢？"她说。

　　她的话使我一时为之语塞，由于我不知道她看到的是什么书，也不能下任何判断，但是，我仍然对这位我素来尊敬的朋友说："佛教绝对是男女平等的，我们不必管你看的书上怎么说，从两点小事就可以证明，第一是，在佛教的大菩萨里，许多菩萨都现女相，例如准提佛母、观世音菩萨、大势至菩萨等等，可见女人成佛得道是没有问题的。第二是，在佛陀的时代，佛教的僧团就有比丘、比丘尼，在家弟子也有优婆塞（男居士）、优婆夷（女居士）之别，可见佛教并不排斥与鄙视女性。"

　　她想了一下，说："很有道理，不过，我很想多知道一点佛教对于妇女的看法，如果这一关打不破，我是不可能学佛的。"

女人的最高肯定

　　朋友的话使我深思了好一阵子，后来因为事忙就淡忘了。

　　最近，遇到女居士的时候，时常遭遇到同样的问题，使我觉得有必要来正视这个问题，尤其在今天的社会，男女平等已经是最自然不过的事，佛教经典对男女问题有没有真实的认识呢？是不是超越别的宗教呢？想必是佛弟子，尤其是女弟子更想知道的。

　　要了解这个问题，我们先来看看佛陀所处的时代与环境中妇女的地位。在佛陀诞生的时候，印度种姓制度十分严格，在这个制度下不但阶级差别很大，女人的角色更卑下，被看成是男人的附属。

有一位达摩难陀法师曾用英文写过一册《妇女在佛教中的地位》，对佛陀时代的妇女地位有简明的描述，他写道：

女人被当作物品而受到极端的歧视，她须足不出户而全心全意地服侍丈夫，并且要操持家务。有些种姓制度中的婆罗门僧侣虽然妻妾成群，却认为女人所烹调的食物为不洁而令其远离庖厨。女人也因此被视为祸水，而唯有不断让她们操持家务才能使她们远离邪恶。

已婚妇女若是不能生育或产下男丁以传宗接代，就可能屈为小星，甚至被休掉。因为一个家庭要是没有子嗣传递祖宗香火，在当时被看作是大逆不道，并且唯有儿子方可承袭祭祀祖宗的仪礼，使得父祖和先人获致安息，否则他们可能会变为厉鬼而令家庭不宁。因此婚姻被视为一种神圣的仪式，所以一个及笄的女孩要是仍旧小姑独处地活，便会受到他人的物议和鄙视。

至于妇女在曾经被准许的宗教修行方面，也一并被禁绝。一个女人往往被认为无法修得功德以升入天堂，而唯有矢志如一地侍奉她的丈夫才能够夤缘得福，即使她的丈夫是个无恶不作的恶棍……

从这里，我们可以看出在佛陀前后的印度（其实不止印度），妇女的地位是卑下的，在这种环境里，他提出的两种教义，大大改变妇女的地位，一是众生平等之说，连天神、畜生、饿鬼、地狱众生的佛性都平等了，何况是男女！二是业力轮回之说，从前的人可以把一切不洁、倒霉的果都推给妇女，佛陀的说法是因果完全掌握在个人手中，好坏都是自己造成，与妇女无关。这两种说法无形中改变了社会对妇女的态度，同时，在佛经里佛陀留下了许多度化妇女的事迹，后来甚至创设了比丘尼僧团，使女性不但可以修行，还可以弘法，甚至接受男女信徒的礼拜，这是直接肯定了妇女可以修行，不仅可以修行，还能成道。

我们在一九八〇年代的现在看来，可能不觉得有什么惊人，如果把时间推回两千多年前，就会知道佛陀是多么有智慧和勇气，他的远见、开明、自由、革新、开风气之先，到今天想起来还令人动容。

当我们阅读佛经的时候，佛陀对弟子说法，经常说："善男子！善女人！"是多么肯定女性，如果女人不能闻法，女人不能成佛，那么，佛陀的"善女人"是说给谁听呢？

如来性是丈夫法

一般认为佛教中轻视女性的论点，常引小乘经的"五障思想"，也就是说女性是"五漏之身"，不能成佛道，在《中阿含经》的《瞿昙弥经》中就说："女人不得行五事，若女人能得如来无所着等正觉，及转轮王，帝释，魔王，大梵天等终无是理。"

什么是五障？五漏呢？就是女人一不能成梵王，二不能成帝释，三不能成魔王，四不能成转轮圣王，五不能成佛道。

为什么？因为：

一、梵王是净行，而女人多染。

二、帝释是少欲，而女人多欲。

三、魔王是坚强，而女人懦弱。

四、轮王是大仁，而女人善妒。

五、佛是万德圆满，而女人烦恼具足。

从这里我们可以知道，五障或五漏不是指身相的，而是精神的障碍，多染、多欲、懦弱、善妒、烦恼也不是女人所专有，男人也多得是。如果从精神观点来看，有多染、多欲、懦弱、善妒、烦恼具足性格的男子都算是"五障之身"，而女人能超越这些习气，就成为"丈夫"了。

从法身而不从肉体来分男女，是佛陀对男女真实的见解，在《涅槃经》里，佛陀说：

> 如来性是丈夫法故，若有众生，不知自身持有如来性，虽是男儿身，我说此辈是女人，若有女人，能知自身持有如来性，虽是女儿身，我说此人是男子。

在《大毗婆沙沦》一四五章中，佛陀双手捧着大生主的骨对比丘们说：

> 汝等谛听，一切女人其性多轻薄、多嫉妒、多诌

媚、多悭贪，只有大生主虽是女人，却能脱离女人一切过失，做丈夫事，得丈夫所得，我谓此辈为丈夫。

谁是女人？谁是丈夫？谁是男子？谁又是女身呢？一个人具有女人的身体，但能除去精神的弱点，走向成佛的伟大事业，就是男子！而一个人虽然有丈夫相，如果落入精神的弱点，不能走向菩提之道，则"此辈是女人"。

这是多么澄明而平等的见解，千百年后读来依然荡气回肠。

须臾之间，龙女成佛

对于五障之身的破除，在三部最伟大的大乘经典《妙法莲华经》《楞严经》《华严经》中都有很动人的开演。

在《法华经》的《提婆达多品》里，文殊师利菩萨对智积菩萨说道，他在海中龙宫，经常宣说《妙法莲华经》。

智积菩萨就说："这部经甚深微妙，可以说是经典中的实物，世所稀有，龙宫的众生有没有精进修这部经而快速成佛的呢？"

文殊说："有一位娑竭罗龙王的女儿，只有八岁，智慧利根，善于知道众生诸根行业，对经义也能得其总持，因为能受持这甚深秘藏的妙法莲华经，深入禅定，了达诸法，在刹那之间发菩提心就得不退转，并且辩才无碍，慈悲顾念众生如自己的孩子，功德具足，心念口演，微妙之大，志意和雅，能至菩提。"

但是，智积菩萨不相信龙女可以在须臾之间成就菩提。

这时，龙女忽然现身向佛顶礼，说了一首偈：

> 深达罪福相，遍照于十方，
>
> 微妙净法身，具相三十二，
>
> 以八十种好，用庄严法身；
>
> 天人所戴仰，龙神咸恭敬，
>
> 一切众生类，无不宗奉者。
>
> 又闻成菩提，唯佛当证之，
>
> 我阐大乘教，度脱苦众生。

在一边的佛弟子舍利弗对龙女说：

"汝谓不久得无上道，是事难信。所以者何？女身垢秽，非是法器，云何能得无上菩提？佛道悬旷，经无量劫勤苦积行，具修行诸度，然后乃成。又女人身，犹有五障：一者，不得作梵天王；二者，帝释；三者，魔王；四者，转轮圣王；五者，佛身。云何女身速得成佛？"

这个观点正是我们前面提过的小乘一般观点，龙女听了就取出一颗宝珠，价值无比，她把宝珠献给佛陀，佛陀接受了。龙女就问智积菩萨和舍利弗说："我献宝珠而世尊纳受，这件事快不快？"

"非常快！"智积菩萨与舍利弗回答。

龙女说："以你们的神通力看我成佛吧，我的成佛比这更快！"

一说完，龙女突然之间，变成男子，具菩萨行，立即前往南方无垢世界，坐在宝莲花上，成等正觉，三十二相，八十种好，普为十方一切众生演说妙法。

《法华经》的《提婆达多品》是一个最有力的证明，破除了女人有五障的分别法执，龙女不但是女人，而且只有八岁，还顿悟成佛。女人不能成佛的说法，不是破除了吗？

发大乘者，不见男女

佛陀肯定女性可以成道，在《楞严经》有一个更鲜明的例子。

《楞严经》说法的缘起，是佛陀的弟子阿难在城里乞食，途中路过淫舍被摩登伽女引诱，差一点破了戒体，佛陀知道了，就派文殊菩萨持楞严神咒去解救阿难，并且把以淫为业的摩登伽女也带回来，佛陀从如何对治情欲开始，才开演了这部不朽的经典。

值得注意的是，摩登伽女听佛陀讲《楞严经》讲到三分之一的时候"淫火顿歇，得阿那含"，而当《楞严经》讲到一半的时候，摩登伽女就证得阿罗汉的果位了，那时候，佛陀多闻第一的弟子阿难还没有证得阿罗汉哩！

在摩登伽女证阿那含果时，佛陀对阿难说："汝虽历劫忆持如来秘密妙严，不如一日修无漏业，远离世间憎爱二苦。"

以现代眼光看来，摩登伽女就是妓女，不但女人可以成道，妓女如果发无上心，也可以很快成道，这是多么令人震撼！

《楞严经》是禅宗最重要的经典之一，而《华严经》则是最华贵的、讲智慧的经典，在《入法界品》里记载了善财童子追求佛道的过程，他曾参访了许多善知识，在他参访的五十三位善知识中就有许多是女人，可见得女人不只在慈悲心上十分殊胜，也可以有智慧心，是能够悲智双运的。

所有佛教经典都肯定了女人可以成就，虽然佛的弟子不时为此提出疑问，伟大的佛陀则一再地肯定了法身没有男女的透彻见解。

这正是佛陀在《首楞严三昧经》中说的："善男子！发大乘者，不见男女，而有别异。所以者何？萨婆若心，不在三界，有分别故，有男有女。"——对于一般的凡夫俗女，因为有性别的对应才有情欲的流转，一旦发起菩提心，则立即超越了男女的差别，因为道心是没有男女的。

不但佛陀一再阐明佛法中没有男女区别，即使在修行的女子自己也都有坚强不动的信心。在《海龙王经》的《宝锦女受决品》里，大迦叶尊者对宝锦女说："女及诸夫人，无上正觉，甚难可获；不可以女身得成佛道。"

宝锦女就对大迦叶说："心志本净，行菩萨者，得佛不难。彼发道心，成佛如观手掌。适以能发诸通慧心，则便摄取一切佛法。"她又说："又如所云：不可以女身得成佛道；男子之身，亦不可得。所以者何？其道心者，无男无女。"

宝锦女是何等的气魄，何等的格局，所有学佛的女居士，都应该学习宝锦女的精神，女人成佛若不可得，男子也必然不会成功的！

女人之相，了不可得

在《维摩诘经》里，舍利弗看到天女的神通智慧，辩才无碍，就问天女说："汝何以不转女身？"

天女说："我从十二年来，求女人相了不可得，当何所转？譬如幻师化作幻女，若有人问何以不转女身，是人为正问不？"

"不也，幻无定相，当何所转？"舍利弗说。

天女说："一切诸法亦复如是，无有定相，云何乃问不转女身？"

这时，天女用神通力，把舍利弗的样子变成天女，而自己则化身成舍利弗，反问舍利弗说："何以不转女身？"

舍利弗看自己的天女相说："我今不知何转而变成女身？"

天女说："舍利弗！若能转此女身，则一切女人亦当能转。如舍利弗非女而现女身，一切女人亦复如是，虽现女身而非女也。是故佛说：一切诸法非男非女。"

这时，天女又用神通，把舍利弗还原，问舍利弗说："女身色相，今何所在？"

舍利弗说："女身色相，无在无不在！"

天女说："一切诸法亦复如是，无在无不在。夫无在无不在者，佛所说也。"……

后来，维摩诘对舍利弗说："是天女已曾供养九十二亿诸佛，已能游戏菩萨神通，所愿具足，得无生忍，住不退转，以本愿故，随意能现，教化众生。"

我们要注意"以本愿故"这四个字，我相信在无始劫来发过菩提心，而现在以女人身修习佛法的善女人，都是发过以女人身来度化众生的本愿的，如果能开启自己佛性，就知道男女没有任何法的分别。

正如在《大宝积经》里的《妙慧童女经》，只有八岁的妙慧童女，她比释迦牟尼佛早发菩提心三十劫，也曾是文殊师利菩萨的老师。

当文殊知道了过去的因缘，向八岁的妙慧童女顶礼，并问她说："妙慧！汝今犹不转女身耶？"

妙慧正色地说："女人之相了不可得，今何所转？"

好一个"女人之相了不可得"！对菩萨而言，男女只是暂时的权宜化现，事实上，男女都是因缘的假合，在毕竟空性里，男女是绝对平等的，如果不能进入这种法性的真实，而执着于男女的分别，就违背了佛陀的教化。

佛经里，这样的例子举不胜举，不但八岁的小女孩可以成佛道，八十岁的老太太也可以了知因缘法（有一部《老女人经》就是佛对老女人讲因缘法），中年的女人也可以直趋菩提（《大宝积经》的《胜鬘夫人经》就是记载胜鬘夫人发愿修行的经过）。女人成道没有什么可惊，从八岁到八十岁的女人都能成道，才使我们惊奇地看见了佛教无与伦比的伟大精神。

在经典里女身成道的很多，即使是佛教传入中国以后，也出过许多伟大的女修行者，梁朝的宝唱法师编过《比丘尼传》，现代的震华法师续编《比丘尼传》三卷，合共四卷，共收录了二百位中国的比丘尼动人的修行，这使我们知道中国历代也有许多精进的女性修行人，当然，善女人更多得多了！

胜鬘夫人十大愿

在密宗的说法里，把宇宙分为两部分，一是胎藏界曼陀罗，一是金刚界曼陀罗。

胎藏界以大悲为本质，被看成是母性的，也就是生的根源，能育成种子，使其具足诸根而诞生，而由大悲的万行功德而增长菩提，摄化众生。

金刚界则以大智为本质，是一切如来身口意的完成，是坚牢无比，坚固不坏的。

在法界中，金刚界与胎藏界无二无别；在人间，男女各自完成菩提的道路，则是二而不二。

现实生活虽有男女，本质上是没有男女的，但男女具有，则有了一个完全的人间。

所以，每一个人的心里都有男女两种性格，只看如何去转化罢了。

知道佛教对女人成佛的见解，相信可以给许多向往菩提的妇女带来更大的信心。佛教尊重宇宙的每一众生，外相只是暂时的过渡，佛性才是真实的自我，在这一点上，男女的自觉、自证都非常重要。

最后，我们来看胜鬘夫人的十大愿，不只女人，就是男子读了也会血脉澎湃，为菩提的道路立下更坚强的誓言，她说：

我从今日，乃至菩提；于所受戒，不起犯心。

我从今日，乃至菩提；于诸尊长，不起慢心。

我从今日，乃至菩提；于诸众生，不起恚心。

我从今日，乃至菩提；于他身色，及外众具，不起嫉心。

我从今日，乃至菩提；于内外法，不起悭心。

我从今日，乃至菩提；不自为己受蓄财物，凡有所受，悉为成熟贫苦众生。

我从今日，乃至菩提；不自为己，行四摄法；为一切生故，以不爱染心，无厌足心，无挂碍心，摄受众生。

我从今日，乃至菩提；若见孤独、幽系、疾病，种种厄难，困苦众生，终不暂舍；必欲安稳，以义饶益，令脱众生，然后乃舍。

我从今日，乃至菩提；若见捕食，众恶律仪，及诸犯戒，终不弃舍；我得力时，于彼处见此众生。应折伏者，而折伏之；应摄受者，而摄受之。何以故？以折伏摄受故，令法久住。法久住者，天人充满，恶道减少，能于如来所转法轮，而得随转，见是利故，救摄不舍。

我从今日，乃至菩提；摄受正法，终不忘失。

跳跃的黄豆

在西藏边境一个荒僻的山区，独居着一位老婆婆，她的丈夫和儿子都过世了，她独自住在小茅屋里，只以糌粑为食。

这位老婆婆由于境遇坎坷，觉得自己的罪业深重，就到处向人求教忏悔罪业的方法，有一天遇见一位路过的人教她念观世音菩萨的六字大明咒"嗡嘛呢叭咪吽"（om mani padme hom），就可以忏除罪业，结果她在回家的路上就把咒语记错了，念成"嗡嘛呢叭咪牛"，"牛"和"吽"的音当然相差很远了。

老婆婆为激励自己精勤念咒，准备了两个大碗，一碗放满黄豆，一碗空着，每念一句咒语就把一粒黄豆放到空碗里去，这样循环往复，从不停止地念了三十几年，到后来，她不必再用手拿黄豆了，只要一念"嗡嘛呢叭咪牛"，一粒黄豆就自动从这个碗跳跃到另外一个碗里。

老婆婆看到黄豆跳跃，知道自己修行得法，忏罪可期，非常高兴，念咒就更加精进了。

有一天，一位修行相当有成就的西藏喇嘛路过山区要到四川去，当他在荒山野地行走时，远远看见一间破陋的小茅屋，四周放射着金色的光明，喇嘛心中大为震动，心想："我这次走过那么多地方，拜会过多少修行人，没有看过如此盛大的光明，这茅屋里一定住着一位得了道的高僧。"于是不惜放弃原来的路，向茅屋走来，想要参访这位得道的高人。

等他走到茅屋，看到只有一个老太婆，贫穷可怜、孤苦伶仃，一点也不像得道的样子，老婆婆见到喇嘛驾到，赶紧跪下来顶礼，口里还紧念着"嗡嘛呢叭咪牛"。

喇嘛心里非常纳闷刚刚见到的光明，就问道："老太太，你在这里住多久了？只有你一个人住吗？"

老婆婆说："只有我一个人住，已经三十几年了。"

喇嘛不禁感慨："一个人住在这么荒僻的山里，很可怜啊！"

"不会不会，我自己在这里学佛修行，日子过得很好！"老婆婆说。

"你修些什么呢？"

老婆婆说："我只是念一句'嗡嘛呢叭咪牛'！"

喇嘛一听，不禁叹息一声说："老太太，你错念了一个字，应该是嗡嘛呢叭咪吽，不是叭咪牛啊！"

老婆婆听了非常伤心，认为自己三十几年的工夫都白费了，忍不住难过落泪，但她马上止住眼泪向喇嘛顶礼说："还好现在您告诉我，否则可能要一路错到底了。"

喇嘛告辞老婆婆后，继续未来的行程。

这时老婆婆坐在桌前照喇嘛教的"嗡嘛呢叭咪吽"重新起修，

心思纷乱，碗里的黄豆也不再跳跃了。她边念六字大明咒，边流下懊悔的眼泪，悔恨自己浪费了三十年光阴。

喇嘛走远了，回头一看，小茅屋一片黑暗，竟看不到先前的赫赫光明。他十分震惊，转念一想："糟了，是我害了她。"

于是，喇嘛赶紧走回茅屋，对老婆婆说："我刚才教你念嗡嘛呢叭咪'吽'是玩笑话！"

老婆婆说："师父为什么要骗我呢？"

喇嘛说："我只是试试你对三宝的诚心，发现你对我的话毫不怀疑，实在非常可贵。其实你原先念的咒完全正确，以后就照你原来的音去念就好了！"

老婆婆听了，高兴极了，赶紧跪下来拜："谢天谢地，我三十年的工夫不是白做了。"

喇嘛告辞以后，老太婆一念嗡嘛呢叭咪"牛"，黄豆又跳了起来。

喇嘛走到山顶上，再一次回头看茅屋，茅屋上的光明炽亮，威赫灿然，比原来还要更盛。

这是佛教里流行甚广的故事，我稍微重新整理，记得第一次读到这个故事，内心非常感动，它说明咒音虽然是重要的，但强大的信心与专一的意念比咒音还重要。

六字大明咒的庄严殊胜圆满成就是无法以文字表明的，勉强翻译成白话，可以说是"祈求自性莲花藏中的佛"，或者"祈求自心的清净莲花开放"，可见学佛学密，甚至学一切清净之法，自心才是最重要的，老婆婆在真信与诚敬中念咒，心地一片光明，咒音对她有什么重要呢？当然，对于还不能心地无染使黄豆跳跃的我们，咒音仍是重要的。

唐朝诗人孟浩然有一首诗：

夕阳连雨足，空翠落庭阴；
看取莲花净，应知不染心。

当我们看见在夕阳雨中的莲花，以一种清净无染的姿势擎举出来，应该使我们知道心性的清净不受污染，也可以像莲花那样。这时候，只要领会了莲花的清净也就够了，至于那朵莲花有几瓣、什么颜色又有什么重要呢？

现在，观世音菩萨的六字大明咒已经是最普遍的咒语，但很少人知道它的来由。如果我们知道"嗡嘛呢叭咪吽"这六字真言是从观世音菩萨裂成千片的脑袋所开出，就会更加动容赞叹。

从前观世音菩萨是阿弥陀佛的弟子，他具足诸行，等解万法，等持众生，他在佛前发下一个伟大的誓愿，他说：

尽我形寿，遍度一切众生，若有一众生不得度者，
我誓不取正觉。若我于众生未尽度之时，自弃此宏誓
者，则我之脑裂为千片。

立下这个大誓愿后，观世音菩萨就应现各种神通，悲智双运的来度脱众生，经过无量劫以后，他所度的众生已像恒河沙一样多得无法计算。但是，他环顾世间众生，看到生者无量，又因为愚痴堕落，受各种痛苦；而正在造恶业的众生也是无量无边，照

这样子轮回下去，众生的痛苦是永远不能断绝的，而众生也就永远不能度尽。

想到这里，观世音菩萨就起了大忧恼，有点泄气，心想："众生之苦，乃与众生之生以俱来；世间既存，苦何能已？苦苦不已，度何能尽？昔年之誓，是徒自苦，而于众生亦无有益；无益之行，何必坚持？"

这一段译成白话是："众生的痛苦，是和众生的诞生一起诞生的，世间既然存在，痛苦怎么会结束呢？既然是苦苦循环不断，众生哪里可以度尽？我当年的誓言只是自己在找苦头吃，对众生并没有什么利益，没有利益的行愿，又何必继续坚持呢？"

观世音菩萨心里就起了一丝退转之念，这个念头才升起，他的誓言已经实现，观世音菩萨的脑忽然自裂成千片，犹如一朵千叶莲花。这时，阿弥陀佛就从裂成千片的脑中现身，对观世音菩萨说：

"善哉观世音！宏誓不可弃，弃誓为大恶；昔所造诸善，一切皆成妄。汝但勤精进，誓愿必成就。三世共十方，一切佛菩萨，必定加护汝，助汝功成就。"

并且即刻传授"嗡嘛呢叭咪吽"的六字真言，观世音一听到六字真言，得大智慧，生大觉悟，更加坚持旧誓，永不退转。我们现在都知道观世音菩萨大慈大悲，有千手千眼救苦救难广大灵感的伟大力量，他的力量就是成就于阿弥陀佛传授六字真言的那个时候，一般把六字真言也称为"观音心咒"。

这是多么动人的故事，化成千片的菩萨之脑，开启了一朵千叶之莲，正是六字大明咒最美丽的象征，我们是不是也能、也愿意、也祈求即使身体碎为微尘，还能坚持一朵清净莲花的自在盛放呢？

记得我第一次听见唱诵的六字真言，那素朴、庄严、单纯、清净、充满力量的美丽声音，就令我感动落泪，这世界，哪里还有这样令人一尘不染、清净无畏的声音呢？

且让我们在优雅的六字大明咒的唱诵中，来读一首偈：

一念心清净，

处处莲花开；

一花一净土，

一土一如来。

大海与馨香

　　在《华严经》里有一位佛教青年善财童子，十分令人感动，他在出生地福城听文殊师利菩萨说法，而发了勇猛的菩提心，从此开始了他长远旅行求法的过程。

　　善财童子从发菩提心开始，一共参诣五十三位善知识，终于得以证入法界，这是有名的"善财童子五十三参"。在佛教经典里，《华严经》是大乘经典极重要的一部，阐明了佛在因位时的万行如华，以及佛在果地中的万德如华，是表达一真法界莲华藏世界最圆满最动人的一部经典。在八十卷《华严经》里，后二十卷就是善财童子参访的故事，善财求访善知识的重要可见一斑。

　　为什么《华严经》把这么多篇幅留给善财童子呢？那是由于善财童子的经验是个伟大的象征，也是伟大的教化，说明了一个青年菩萨从发心一直到证果的过程。

　　善财童子也由于求法的至诚恳切，成为佛教里最为人知的童子，现在许多观世音菩萨像的左边都安有一位童子侍立，就是

"善财童子"。一般把善财童子画得好像儿童似乎值得商榷，在佛经中，童子有三种含义：一是八岁以上未冠者，二是希望出家而寄侍于比丘僧团尚未剃度的青少年，三是年轻的菩萨。因为菩萨是如来的王子，所以称为"童子"。如果从这三种含义推论，善财童子应该是青年，而不是幼童。

因为善财童子求法的成就，一直到现在寺庙里的大法会，行道时走在最前面拿着火炬的小法师，也被称为"善财童子"。这是一个很好的象征，在《华严经》里，善财童子事实上像极了拿火炬引导后世修菩萨行青年前进。

开启智慧最重要

依照经典的记载，善财童子是累世福慧双修，才能有缘亲闻文殊菩萨说法，开启了法性智慧，但在文殊的教化里，我们知道智慧才是修行者最重要的东西，为了求得智慧，善财才开始不懈地追求。而他的成就也得自于善知识不断的传授与开启。

历来谈论善财童子求道的书册何止千万？现在我们要谈的是他在参访善知识的过程中三个比较浅显而有趣的故事。

在说故事之前，我把读善财童子五十三参的笔记，简单地做一些说明，善财童子的实践告诉了我们开启智慧是菩萨的第一要务，没有比求智慧更重要的事了。另外，一位发心觉悟的人，必须一开始就发大心，善财童子就是发了大菩提心，才有博大宽容慈悲的大乘知见，有大乘知见的人就比较不会被迷转了。

善财童子求法的过程固然长久、复杂、难辛，但他无时无刻不惦记佛法，他的心也没有一刻离开过佛法，这种念念相续，使他不至于有一点点迟疑，使他一直受到佛菩萨的加护和悯念，也使他有慈悲柔和的心，非常容易受感动，时常有涕泗纵横不能自已的场面出现。

最值得注意的是，在这个世界上，到处都有善知识，善知识并且是连锁反应的，善财童子所参过的善知识包括比丘、比丘尼、优婆塞、优婆夷、国王、长者、外道、商人、女人、船师等等。这使我们悟到，菩萨的示现无边，不一定用什么面目出现，而且一个追求智慧的人，不管他从事任何行业，他都可以在其中得到智慧，甚至悟道。

因此，善财童子的旅程，应该启示我们，不要轻视世上的任何一个人，人人都是我们的善知识；而且要珍惜每一分因缘，因为看起来普通的因缘对我们都可能有深刻的教化。

有了这些基本理念，再来读善财童子的参访就会深刻得多。

好了，我们就来看看善财童子的几个故事吧！

大海开出大莲花

善财童子参访的第三位善知识是海云比丘，海云比丘住在南方的海门国，这海门国顾名思义是在海边。

善财童子向他至心顶礼以后，就说明自己早已发了阿耨多罗三藐三菩提心（即是志求无上正等正觉的心），希望能进入一切无上智慧之海，他问道：

"未知菩萨云何能舍世俗家生如来家？云何能度生死海入佛智海？云何能离凡夫地入如来地？云何能断生死流入菩萨行流？云何能破生死轮成菩萨愿轮？云何能灭魔境界显佛境界？云何能竭爱欲海长大悲海？云何能闭众难恶趣门开诸大涅槃门？云何能出三界城入一切智城？云何能弃舍一切玩好之物，悉以饶益一切众生？"

这真是大哉问！也是一切修行大乘法门菩萨共同的问题。海云比丘听了善财的问题没有立即回答他的问题，而先赞叹他能发大菩提心，说出了一段触及菩提本质的动人的活，他说：

> 发菩提心者，所谓发大悲心，普救一切众生故。
>
> 发大慈心，等祐一切众生故。
>
> 发安乐心，令一切众生灭诸苦故。
>
> 发饶益心，令一切众生离恶法故。
>
> 发哀愍心，有怖畏者咸守护故。
>
> 发无碍心，舍离一切诸障碍故。
>
> 发广大心，一切法界咸偏满故。
>
> 发无边心，等虚空界无不往故。
>
> 发宽博心，悉见一切诸如来故。
>
> 发清净心，于三世法智无违故。
>
> 发智慧心，普入一切智慧海故。

当一个菩萨发了大菩提心时，心量上就应该包涵了这些物质，然后，才能进入修行，海云比丘随后就说出了自己修行的经过。

海云比丘已经在海门国住了十二年，他到了海门国以后，就时常以大海作为自己修行的境界，他思考到只有大海是广大无量的、是甚深难测的。思考到只有大海里隐藏了无量奇妙庄严的宝藏，里面又住了无数无量的众生。思考到只有大海有无量的水，而水色都不同，还能容受体躯最大的众生。思考到只有大海能容纳大云大雨而不增不减……

当海云比丘做这种思考的时候，他就起了念头："世界上还有比这个大海更广博的吗？有比这大海更深的吗？有比这大海更特别的吗？"

正在他想的时候，大海里突然升起一朵大莲花，以无能胜因的陀罗尼罢宝为茎，吠琉璃宝为藏，阎浮檀金为叶，沉水为台，玛瑙为须，整个盖满了大海，而由阿修罗王、龙王、迦楼罗王、罗刹王、夜叉王、乾闼婆王、天王、梵王、海神等等都来守护并且庄严这一朵莲花。

如此无尽光明照耀的大莲花，是由如来出世的善根所生起，当时，海云比丘正在惊叹莲花比大海还大的时候，又看见在莲花上有一如来结跏趺坐，他的身体一直往上通而看不见顶。

如来随即伸手摩海云比丘的头顶，为他演说"普眼法门"，开示了一切如来境界，显发一切菩萨诸行，阐明一切诸佛妙法，一切法轮悉入其中，能净一切诸佛国土，能摧一切异道邪论，能灭一切诸魔军众，能令众生皆生欢喜，能照一切众生心行，能了一切众生诸根，随众生心悉令开悟。

海云比丘从如来那里受持了普眼法门，长达一千两百年，他对"普眼法门"有如此的赞叹：

> 假使有人以大海量墨，须弥聚笔，书写于此普眼法
> 门，一品中一门，一门中一法，一法中一义，一义中一
> 句，不得少分，何况能尽？

意思是说，如果有人以大海做墨汁，用须弥山为笔，想要写出普眼法门的殊胜，不要说写一品，就是一品中的一门，一门中的一法，一法里的一义，一义里的一句，也不能写出一点点，何况是全部写出。海云比丘在这里说明了，佛的法门是比大海要大得多，以大海之大想要衡量佛法，是不可能的。

但是，我们也不要忘了，海云比丘之所以能受持广大无边的普眼法门，实在是他一开始以大海为其境界，创造了一个大的心量。我们可以说，大海正是他智慧的开启，若没有以大海为师，就难以进入普眼法门。

最后，海云比丘从世间海提升到菩萨海，而对善财童子说：

> 如诸菩萨摩诃萨深入一切菩萨行海，随其愿力而修
> 行故，入大愿海于无量劫住世间故。入一切众生海，随
> 其心乐广利益故。入一切众生心海，出生十力无碍智光
> 故。入一切众生根海，应时教化悉令调伏故。入一切刹
> 海，成满本愿严净佛刹故。入一切佛海，愿常供养诸如
> 来故。入一切法海，能以智慧咸悟入故。入一切功德
> 海，一一修行令具足故。入一切众生言辞海，于一切刹

转正法轮故。

不都是从海得来的智慧吗?

以智慧香而自庄严

善财童子离开海云比丘,又参访了许多善知识,他参访的第二十二位善知识,是在南方广大国的一位名叫优钵罗华的鬻香长者。所谓"鬻香长者"翻译成白话就是"卖香的老人",卖香老人应该是街头常见的人物,可是这位卖香老人却在生活中提炼出伟大的智慧。

他对善财童子说:

> 我善别一切诸香,亦知调和一切香法。所谓一切香,一切烧香,一切涂香,一切末香。亦知如是一切香王所出之处,又善了知天香、龙香、夜叉香、乾闼婆、阿修罗、迦楼罗、紧那罗、摩睺罗伽、人非人等所有诸香。又善别知治诸病香、断诸恶香、生欢喜香、增烦恼香、令于有为生染着香、令于有为生厌离香、舍诸骄逸香、发心念佛香、证解法门香、圣所受用香、一切菩萨差别香、一切菩萨地位香,如是等香,形相生起,出现成就,清净安稳方便境界,威德业用及以根本,如是一切我皆了达。

他对于香的了解已到了不可思议的境界，他对善财说的一大篇关于香的认识，真是令人叹为观止，这些对香的理解转识成智，进入了智慧的境界，使他体会到要"以智慧香而自庄严"，乃至"于诸世间皆无染着"，"于一切处悉无有着，其心平等无着依"，这就从普通的香转成般若的智慧之香了。

紧接着卖香老人，善财童子参访的是楼阁城里名叫婆施罗的船师。他则是从划船中得到了智慧，他"善别知漩澓浅深、波涛远近、水色好恶种种不同。亦善别知日月星宿运行度数，昼夜晨哺晷漏延促。亦知其船铁木坚脆，机关涩滑，水之大小，风之逆顺，如是一切安危之相，无不明了。可行则行，可止则止，善男子！我以成就如是智慧，常能利益一切众生"。

船师在大海中得到了行船的学问，并用来利益众生，可见得利益众生有很多种方法，船师渡人安全往来也是方法之一。不过我们要注意，即使船师要在海上利益众生，自己对于智慧的锻炼也是非常重要的。

读了这一段经文，我们可以知道在这个世界上居住于海边的船民，经过数十年历练，有许多人和婆施罗船师一样，有对大海的认识，也有行船的智慧。

只是，婆施罗还不仅如此，他把行船的智慧再往上提升，成为法的智慧，他说：

我以好船运诸商众行安稳道，复为说法令其欢喜，
引至宝洲，与诸珍宝咸使充足，然后将领还阎浮提。善

男子！我将大船如是往来，未始令其一有损坏，若有众生得见我身，闻我法者，令其永不怖生死海，必得入于一切智海，必能消竭诸爱欲海，能以智光照三世海，能尽一切众生苦海，能净一切众生心海，速能严净一切刹海，普能往诣十方大海，普知一切众生根海，普了一切众生行海，普顺一切众生心海。

——他把自己从大海进入法海的修行方法，称为"大悲幢行"。

婆施罗确是令人赞叹，但从大海来的智慧有更高的境界，他就感叹地说：

如诸菩萨摩诃萨善能游涉生死大海，不染一切诸烦恼海，能舍一切诸妄见海，能观一切诸法性海，能以四摄摄众生海，已善安住一切智海，能灭一切众生着海，能平等住一切时海，能以神通度众生海，能以其时调众生海，我云何能知能说彼功德行？

法的追寻正是如此，是永远没有止境的，这是婆施罗船师悟道之后所体会到的，也是一切菩萨所应知道的。

生生世世善知识相随

读过善财童子的三参，我们就知道"华严经的入法界品"是非常有吸引力的，这三次参访是"入法界品"中最易懂的部分，要真正知道一真法界，自然应该精读原典。

这三个故事，使我们得到一些珍贵的启示，一是在进入修行法门时，根本是没有分别的，没有说某一类人才可以修行，而某一类人不能修行的道理，不管什么人发大菩提心，都能得到大的益处。

二是世出世间的智慧根本是不可分的，有的人修行佛道之后，排斥，乃至放弃一切世间的智慧，认为只有出世间的法才是究竟，这就有了分别心，不能正面对待我们的世界，其实，不论从事什么行业，只要觉悟，并找到该行业最精微奥妙之处，就能通达佛法，得到无碍与自由。

三是修行菩萨道的人，不应该轻视任何一个人、任何一件事情、任何一种法门，只有不轻的心，才能得到人间世界中的一切智慧，并用来利乐众生，这样，与我们相会见的因缘才会都成为我们的善知识。若有轻慢心，一切善知识都对我们无益了。

善财童子的五十三次参访，时时在提醒我们善知识的重要，所以这一部经每隔一章就会欢喜赞叹善知识，我在这里选两段，来作为本文的结尾：

> 善知识教犹如春日，生长一切善法根苗。
>
> 善知识教犹如满月，凡所照及皆使清凉。
>
> 善知识教如夏雪山，能除一切诸兽热渴。
>
> 善知识教如芳池日，能开一切善心莲花。
>
> 善知识教如大宝洲，种种法宝充满其心。

善知识教如阎浮树，积集一切福智华果。

善知识教如大龙王，于虚空中游戏自在。

善知识教如须弥山，无量善法三十三天于中止住。

善知识教犹如帝释，众会围绕无能映蔽，能伏异道修罗军众。

　　善知识实为稀有，出生一切诸功德处，出生一切诸菩萨行，出生一切菩萨净念，出生一切陀罗尼轮，出生一切三昧光明，出生一切诸佛知见，普雨一切诸佛法雨，显示一切菩萨愿门，出生难思智慧光明，增长一切菩萨根芽……善知识者能普救护一切恶道，能普演说诸平等法，能普显示诸夷险道，能普开阐大乘奥义，能普劝发普贤诸行，能普引到一切智城，而普令入法界大海，能普令见三世法海，能普授与众圣道场能普增长一切白法。

　　这是多么优美而动人的呀！我们学佛的人应该时时忆念善知识、思维善知识、渴仰善知识、依止善知识，希望善知识来守护我、摄受我，希望生生世世善知识相随，唯有这样，才能"长其善根、净其深心、增其根性、益其德本、加其大愿、广其大悲、近一切智、具普贤道，照明一切诸佛正法，增长如来十力光明"！

心有琉璃色如雪

中国禅宗的祖师菩提达摩，在历史上是实有的人物，但在民间往往成为一则传说，把他说成是十分神异的人，尤其关于他和嵩山少林寺的一段因缘，更加上许多神秘色彩，我们从现代的一些电影、电视和小说中，可以看出达摩的传说有日益夸张的倾向。

为什么禅宗的史实会变成武功的传说呢？这有两个原因，一是达摩所留下来的史料太少，使大家对他的生平未免充满玄想。一是民间认为证悟的人一定是非凡的人，他们即使没有移形换位的神通，也会有飞天入地的本事。其实这些玄想不是始自今日，早在一千四百多年前达摩逝世时就有了，在《景德传灯录》中就记载达摩圆寂三年后，后魏奉派到西域的大使宋云，就在葱岭遇见了达摩手拿一只鞋子翩翩独行。宋云问他："大师要到哪里去？"达摩说："西天去。"

宋云回国后才知道达摩已逝世三年，他把在葱岭遇到达摩的事禀告了皇帝，皇帝命令挖坟开棺，发现达摩的棺木是一只空棺，里面只有一只鞋子。

这个故事虽具有传奇的美感，流传也很广，但是仔细想来，达摩大师何等人物，到西天要用走路的吗？而且和常人一样一走就走了三年？另外，西天难道是往西域的方向吗？最不可思议的是，后魏的皇帝都笃信佛教，真会无知到要开棺验尸吗？

读到达摩的传记，最感动我们的不是这种美丽的传说，我觉得最动人的有两处。

一是达摩祖师原是南天竺国香至王的第三个孩子，少年时代就随禅宗二十七祖般若多罗习禅而得法。他师父嘱咐他六十七年后要到中国传法"设大法术，直接上根"。六十七年过去了，达摩要到中国，去向亲友同学辞行，那时他的侄儿已接掌了王位，听说他要离开，涕泪交集地说："此国何罪？彼国何祥？叔既有缘，非吾所止，唯愿不忘父母之国，事毕早回。"于是准备了大船和许多宝物，率领群臣送到江边，达摩经过三年航海才到了中国。

读到"此国何罪？彼国何祥？"真是令人感动，达摩祖师渡海来到中国，实在是中国的大幸，试想，如果没有达摩来传禅法，中国佛法一定会大大失色，而中国的文学、艺术，乃至文化也会为之黯淡了。

另一个动人的地方是，当他把衣法传给二祖慧可时，说过一首传法偈：

吾本来兹土，传法救迷情；
一花开五叶，结果自然成。

达摩不远千里来到中国的土地，目的就在解救迷情的众生，他在少林寺面壁九年就是等待传法传衣的因缘，等他传给了慧可，就知道禅将在中国大盛，于是才说：

一花开五叶，结果自然成。

横山跨海来救度异国迷情的众生，达摩的悲愿是何等宏伟，但当他看到禅法兴盛的将来，却完全忘记了自己，认为只是一种自然罢了。这种自然的看法，在他的另一首偈中可以看出：

亦不睹恶而生嫌，亦不观善而勤措；
亦不舍智而近愚，亦不抛迷而求悟。

达摩虽是伟大的祖师，但他的弟子算起来也只有慧可及道育两人，可见他的顿悟法门在当时不是一般人可以接受的。他所留下的著作非常有限，现今流行的《破相论》《血脉论》《悟性论》《安心法门》都是后人整理而成的。

达摩另外有《略辨大乘入道四行》，谈的是修行佛法的通途，不限于禅宗，很值得学佛的人（不论是什么宗教）一读。

首先，达摩把入道的途径分为两种，一是理入，二是行入。

所谓理入，就是深信众生都有同一真性，只是被客尘妄想所覆，不能显了。如果能舍妄归真，坚住不移，到了没有凡圣、自他的分别时，一定能见到真性。

在理上我们虽是确信不移，但有什么方法可以进入呢？达摩把行入分为四行：

> 一报冤行；二随缘行；三无所求行；四称法行。

什么是报冤行呢？他说：

> 修道行人，若受苦时，当自念言：我从往昔，无数劫中，弃本从末，流浪诸有，多起冤憎，违害无限。今虽无犯，是皆宿殃，恶业果熟，非天非人，所能见与，甘心忍受，都无冤诉。

这是多么宽广的心胸世界，修行人和平常人没有两样，不见得能事事顺遂，在受苦的时候，应该认定这是生死流浪的冤报，不应该起丝毫的嗔恨之心。

什么是随缘行呢？他说：

> 众生无我，并缘业所转，苦乐齐受，皆从缘生，若得胜报荣誉等事，是我过去宿因所感，今方得之，缘尽还无，何喜之有？得失从缘，心无增减，喜风不动，冥顺于道。

苦的固然要甘于忍受，乐的，乃至一切的胜利荣誉也都是随因缘转动而已，因缘一散，一切都要消失，所以遇到好事的时候，也不要被喜悦的风所迷转了。

什么是无所求行呢？他说：

> 世人长迷，处处贪着，名之为求。智者悟真，理将
> 俗反，安心无为，形随运转。万有斯空，无所愿乐，功
> 德黑暗，常相随逐，三界久居，犹如火宅，有身皆苦，
> 谁得而安？了达此处，故舍诸有，息想无求。

修行的人应该安心无为，知道功德和黑暗是永远相随的，三界没有安心的所在，这样，一切拥有的追求都是短暂而转眼成空，所以修行者应该断除一切所求的欲望，只有无求的人才能真为道行，也只有无求才是真正的快乐。

什么是称法行呢？达摩说：

> 性净之理，目之为法。此理，众相斯空，无染、无
> 着、无此、无彼，经云："法无众生，离众生垢故，法无
> 有我，离我垢故。"智者若能信解此理，应当称法而行。

要把自性本来清净之理，看成是佛法的第一义谛，依法而行，才能远离人我众生的一切分别与垢染。达摩还举例说，法体没有悭吝之质，所以人行布施的时候应该心无吝惜，才能自行、又能利他，还能庄严菩提之道，去除尘垢。布施如此，六度里的持戒、忍辱、精进、禅定、智慧也无不如此，是在清净自我，远离垢染，这就是称法行。

达摩留下的著作虽少，但光看他的《大乘入道四行》就不愧是传法中土的祖师，报冤行是大悲心，随缘行是菩提心，无所求行是不动心，称法行是清净心，都在阐明一切本净、如实不二、佛性平等、无边广大的大乘禅法。

我们常常看到达摩祖师须发飘扬、一苇渡江的画像，心里生起无限的向往，如果把一苇渡江看成是他的神通，就不能契入法意，其实，达摩脚下的一苇正是象征唯有反观自心，才是到彼岸唯一的方法，如若不踩在自心反观的一苇，江面辽阔、风波险恶，很容易就会沉入生死的江底了。

在《达摩悟性论》里有一段讲烦恼与智慧，心与佛的譬喻，正是在说明自心即佛这一苇，读了令人难忘，他说：

> 一切烦恼为如来种心，为因烦恼而得智慧。只可道烦恼生如来，不可得道烦恼是如来。故身心为田畴，烦恼为种子，智慧为萌芽，如来喻于谷也。佛在心中，如香在树中，烦恼若尽，佛从心出，朽腐若尽，香从树出，即知树外无香，心外无佛。若树外有香，即是他香，心外有佛，即是他佛。

这是多么精美剔透的譬喻，使人想到外形豪迈的祖师原来是细腻非凡的。达摩圆寂后，梁武帝萧衍有一首很长的碑颂，我最喜欢其中的四句：

> 楞伽山顶坐宝日，中有金人披缕褐；

形同大地体如空，心有琉璃色如雪。

想起劫火燃灯的祖师，想起千里传灯的悲愿，想起迷情未悟的众生，不禁掩卷！

双叶双璧

中国禅宗从达摩祖师东来，一直到六祖慧能传法不传衣，一共有六位祖师的传承，这也就是一般认为是达摩遗偈"我本来兹土，传法救迷情；一花开五叶，结果自然成"中的"一花五叶"。

不过，细心的人当会发现到，这"一花开五叶"中有两叶是很少被注意的，那就是三祖僧璨和四祖道信，在六位祖师里，三祖四祖算是知名度最低的，有一些习禅的人甚至不知道他们的名字，更别说他们的生平或留下来的修行教化了。

这实在非常遗憾，我们对后来禅师的公案语录滚瓜烂熟，最少也是耳熟能详，对于最早的两位大祖师竟反而感到陌生，这是什么道理呢？

大概与他们所处的时代有关，三祖僧璨所处的时代正好是后周武帝破灭佛法的时代，不仅是佛教受到空前的压迫，中华文化也进入混乱时期。《景德传灯录》上记载，三祖僧璨以白衣谒二祖，受度传法后隐居于舒州的皖公山，因受后周武帝破灭佛法的影响，有十几年的时间"居无常处"，这段时间在历史上就成了空白。

一直到隋文帝开皇十二年（公元五九二年），才有一个十四岁的小沙弥道信来礼拜他，道信就是后来的四祖。道信与僧璨见面的情况很有传奇性，道信说："愿和尚慈悲，乞与解脱法门。"

僧璨问曰："谁缚汝？"

道信："无人缚。"

僧璨又问："何更求解脱乎？"

道信言下大悟，跟随服侍师父九年之久，才得到受戒。

因缘成熟了，僧璨把衣法传给道信，并传了一首偈：

华种虽因地，从地种华生；

若无人下种，华地尽无生。

传法以后，僧璨就到罗浮山游化了两年，又回到早年隐居的舒州皖公山。

舒州的士民知道僧璨回来，奔走相告，大设檀供请祖师开示，他就为四众弟子广说心要，说完的时候站在法会大树下，合掌而化，圆寂的时间是隋炀帝大业二年（公元六〇六年）十月十五日。经过四百多年，到了初唐，河南尹李常贬谪到舒州，发现了三祖的墓，瞻礼启圹，得到五色舍利三百粒，一百粒送给荷泽神会禅师，一百粒自己供养，一百粒高塔供养，后来，唐玄宗追谥这个塔为"鉴智禅师觉寂之塔"。

四祖道信则是自幼就仰慕空宗，仿佛是前世的修习，七岁的时候就出家了。他首先跟随的师父戒行不太纯净，道信常劝谏师父，可惜师父并不听从，道信只好自己守斋戒，经过五年之久，后来见到有两位僧人要到舒州皖公山求法，他就跟着去了，受传了三祖的衣钵。

《景德传灯录》上说他得法后"摄心无寐，胁不至席者，仅六十年"，也就是说六十年的时间他守摄身心，从未躺下来睡觉，可见他用功的精勤。

隋大业十三年，他带领弟子住在吉州寺，当时吉州被盗贼围困达七十几天，万众都感到惊惶恐怖，他教百姓同声念《摩诃般若心经》，正念的时候，城外的盗贼看到城墙上仿佛站了许多神兵，一时害怕，就四散逃走了。

后来他渡江到黄梅县众造寺，看到双峰并立，又有好泉石好风水，就在当地住了下来。唐贞观癸卯年（公元六四三年），太宗仰慕他的道风，希望能瞻仰他的风采，于是下诏请他进京。道信谦逊辞谢，唐太宗连续下诏三次，他最后只好称病，不肯前往。太宗非常生气，下第四次诏书的时候对使者说："如果他还不肯来，就取他的首级回来！"

使者到山上宣示了皇帝的圣旨，道信伸长脖子引颈就刃，神色无异于平常，使者不敢砍头，回来禀告太宗，皇帝更加赞叹仰慕，赐给了许多珍宝，并且不再下诏，顺遂了他归隐林泉的志愿。

道信祖师住在众造寺三十几年，佛法大盛，来学道的人无远不至。晚年时对弟子弘忍说："可为我造塔，命将不久。"到唐高宗永徽二年九月四日对门下弟子说："一切诸法，悉皆解脱，汝等各自护念，流化未来。"说完后安详坐化，享年七十二岁。

四祖道信坐化的时候，天地为之暗冥，围着寺院三里方圆的所有树木，叶子全部变白了。他过世时身旁有五百多位弟子，还有无数从远地来的道俗。第二年的四月八日，他坐化的塔门突然无故自开，赫然是全身舍利，仪表相貌一如生前，从此门人不敢再把塔门关上。

道信祖师座下除了五祖弘忍之外，还有一位大禅师牛头法融，他和这两位弟子见面的过程十分有趣，都是他主动去收弟子，这一点和其他的祖师很不同。

有一天，他在黄梅县的路上遇到一位小孩，骨相奇秀，和一般小孩不同。他就问说："子何姓？"

小孩答曰："姓即有，不是常姓。"

他又问："是何姓？"

小孩说："是佛性。"

他又问："汝无姓耶？"

小孩答曰："性空故。"

道信知道这孩子是法器，就遣侍者到小孩家向其父母乞求让他出家，小孩的父母答应了，他就给孩子取名为"弘忍"，当时弘忍才七岁，后来果然传了他的衣钵，成为五祖。

他去见牛头法融的经过，后来成为禅宗有名的公案。在贞观年间，他遥观气象，知道在牛头山上有异人，就自己到牛头山去寻访，遇到一位僧人对他说："离这里十里多的山里住了一位道人，别人都叫他'懒融'，看到人也不起来，也不合掌，你要找的异人该不会是他吧？"

道信祖师就入山去见法融，法融端坐自若，连看都不看他一眼，四祖就问他说："在此做什么？"

法融说："观心。"

四祖问说："观是何人？心是何物？"

法融不能对，就起来向四祖行礼，问说："大德住在什么地方？"

四祖说："贫道行踪不定，或东或西。"

法融继续问说："你认识道信禅师吗？"

四祖说："何以问他？"

法融说："我向慕他的德风很久了，希望有一天能去谒见他，向他礼拜。"

四祖这才说："道信禅师，贫道是也。"

法融留四祖住下，带他到庵所的时候，看到四周都是虎狼之类，四祖举手做出害怕的样子，法融见了就说："犹有这个在（指害怕）！"过一阵子，四祖在法融坐的石头上写一个"佛"字，法融看了悚然，不敢入座，四祖说："犹有这个在！"法融大为佩服，乃顶礼请祖师说心法要义，得悟立旨，成为伟大的禅师。

我们看到了三祖僧璨、四祖道信多么活泼的生命风格，三祖告诉我们解除生命的困境与束缚完全是在自己手上，没有人能束缚我们，除了我们自己。我们在四祖身上则看见了他精进的修行，以及为了访求根器大的弟子不辞辛苦的主动精神，这些都是十分令人感动的禅的典范与教化。

学禅的人如果不能知道三祖四祖的风格，真是遗憾的事！就好像最美的五爪枫叶少了两片叶子一样。知道了他们的生平，要进入他们留下关于修行的开示，就更有亲切感了。

好　禅

有一个人问四祖道信说："何者是禅师？"

他说："不为静乱所恼者，即是好禅，用心人常住于止，心则沉没，久住于观，心则散乱。"

这是禅宗史上一段重要的话，可以让我们知道什么才是好的禅，这里的"止"是指"止息妄念，心定于一处"；"观"是指"观察妄惑，达照真理"。四祖告诉我们，止观不二，所以学人不应该落于止或落于观，而应该不被"静乱所恼"，如如不动，并不是他反对止观，而是说止观并非心性的本体。

他说："众生心性，譬如宝珠没水，水浊珠隐，水清珠显。"则"止"是为了使浊水静下来，"观"是为了看见宝珠，只是使宝珠显露的方法，并不是宝珠的本身呀！

至道无难唯嫌拣择

四祖道信所说"不为静乱所恼者，即是好禅"，正如三祖僧璨在"信心铭"里说的："至道无难，唯嫌拣择。但莫憎爱，洞然明白。"这段话的意思是，通往正觉的至道并不困难，唯一怕的是在心里有所拣择，因为有了拣择就会在顺境时欢喜，在逆境时忧恼，也会有憎爱的心。只要能离开憎爱的分别，不落入憎爱之中，心地才能洞然明白。

光是这几句简单的话，就让我们领会到早期禅宗朴实、有力、纯粹的风格。并且知道，三祖僧璨，四祖道信虽没有像六祖慧能一样，留下一部完整的《法宝坛经》，但在他们的三言两语里，我们同样体会到伟大的教化，给我们有用的启发。因此认识三祖、四祖的修行开示，对禅的修行是很有帮助的。

三祖僧璨留下来的作品极少，最重要的是一部偈颂体的《信心铭》，总共才五百八十四字。四祖道信留下了一部《入道安心要方便门》，都是他给弟子开示的记录，也不过才三千五百多字，后人再整理了他和弟子牛头法融的对话，题名为《方寸论》，总计两百余字。

祖师留下的话语虽少，却更让我们了解到禅宗"不立文字，教外别传"的精神。我们在三祖、四祖的话语可以归纳出三个要义，一是不拣择、二是见自性、三是制方寸。关于不拣择，前面已经说过，就是不分别、憎爱、欢喜或忧恼，为什么禅师们可以不拣择呢？达摩祖师在《悟性论》里曾说：

色不自色，由心故色；

心不自心，由色故心；

是知心色两相俱生灭。

有者有于无，无者无于有，是名真见，夫真见者，

无所不见，亦无所见；

见满十方，未曾有见。

是的，我们所见的外在事物，是由于心的对应才产生面目，而心的感知则是外在事物的投影，如果我们不被外境的拣择恼乱，不就维持了心的清明吗？所以，不拣择并不是无知，也不是无感，更不是没有是非善恶，而是不被外境所蔽障，也不被情感爱憎所染着。当然，也因为能从外境和感觉中超越出来，才可能活得自由自在。这正是三祖《信心铭》中说的：

才有是非，纷然失心。

二由一有，一亦莫守。

一心不生，万法无咎。

无咎无法，不生不心。

无所念者，是名念佛

在不拣择的情况下，我们能维持自心的明净，而只有在明净

的情境，自性才显露出来，这也就是禅宗最重要的教法，即是一般说的"见性"。唐朝以前，习禅的人都把见性顿悟作为修行第一要义；唐朝以后才有禅净双修，一方面求见性，一方面祈求佛力救拔，以致现在显教里最大的两个宗派，一是禅宗，一是净土宗。

净土自然是专修念佛，现在的禅宗也都兼修念佛。但是禅宗的念佛，仍然应该求见自性，见性的念佛是不同的，四祖道信就引《大品经》说：

无所念者，是名念佛。

他进一步解释说：

何等名无所念？即念佛心名无所念。离心无别有佛，离佛别无有心；念佛即是念心，求心即求佛。所以者何？识无形，佛无形，佛无相貌。……常忆念佛，攀缘不起，则泯然无相，平等不二。入此位中，忆佛心谢，更不须征，即看此等心，即是如来真实法性之身，亦名正法，亦名佛性，亦名诸法实性、实际、亦名净土，亦名菩提、金刚三昧、本觉等，亦名涅槃界、般若等，名虽无量，皆同一体。

原来，在净宗行者眼中，净土是实有的报土，在见性的禅者眼中，当下就是净土，是自己与如来无二无别的法土。当然，修

159

净土也能见性，只不过，净宗行者不像禅者把见性当成是非有不可的重要门槛。

关于见性，四祖道信说了五种方法：

一者，知心体——体性清净，体与佛同。

二者，知心用——用生法宝，起作恒寂，万惑皆如。

三者，常觉不停——觉心在前，觉法无相。

四者，常观身空寂——内外通同，入身于法界之中。

五者，守一不移——动静常住，能令学者明见佛性，早入定门。

这就是五种《入道安心要方便门》，无非是在说明见性的重要。尤其是第五种"守一不移"，后来成为禅宗最重要的法门，五祖弘忍就说过："三世诸佛，无量无边，若有一人不守真心得成佛者，无有是处。"正是强调了他师父道信守一不移的重要。

百千法门，同归方寸

"守一不移"，才发展出了四祖道信的《方寸论》，他说：

> 夫百千法门，同归方寸。河沙妙德，总在心源。一切戒门、定门、慧门、神通变化，悉自具足，不离汝心。一切烦恼业障，本来空寂，一切因果皆如梦幻。无三界可出，无菩提可求，人与非人，性相平等。人道虚旷，绝思绝虑。如是之法，汝今已得，更无阙少，与佛何殊，更无别法。汝但任心自在，莫作观行，亦莫澄

心，莫起贪爱，莫怀愁虑，荡荡无碍。任意纵横，不作诸善，不作诸恶，行住坐卧，触目遇缘，总是佛之妙用。快乐无忧，故名为佛。

他认为，一个人只要能守住方寸，就能知道大道的虚旷，那么烦恼、业障、因果都像梦幻一样，都是空的，心能清净，就没有三界可出，也就没有什么菩提可求了。一个人能见到自心，则能任运自在，到这时候行住坐卧，眼目所触，一切所遇到的因缘，没有一样不是佛的妙用，这样才能自在快乐，无所忧恼，也才是走向佛的道路呀！

由于这种对"方寸"的见解，使禅宗有了"当下即是"的风格，这种风格是现世的风格，也是此时此地的风格。所以，禅宗基本上非常有入世的精神。

禅者不仅是在祈求来世的解脱，更重要的是要解开现在的束缚，使自己当下契入佛的法性，"当下"用现代语言来说是"第一时间"，是直证本心，没有经过思虑、反省、迟疑，或顾盼，就好像篮球员在空中不落地直接把球投入网中，应声破网一样。

禅最动人的地方

因此，学禅的人应该认识到禅宗对现世、生活、此时、此地的注视，禅，事实上不在渺远不可及的地方，而是在我们站的每一个地方、走过的每一步，甚至活过的每一刹那，有心的地方就有禅，这才是禅最动人的地方。

当我们知道，禅在方寸，佛在方寸，百千法门同归方寸，就使我们了解三件事情，一是禅是非常有创造性的，二是禅并不是抹杀个人风格的修行，三是禅没有固定形式。

我们打开公案、语录，乃至禅宗的整个历史，会发现每一位禅师都有强烈的个人风格，有原创性，都是活活泼泼、实实在在生活于大地的人，并且他们也都是乐观、进取、积极、奋发的人，几近于"快乐无忧"的。

在中国禅师里，我们从未看见过一个垂头丧气、愁眉苦脸、唉声叹气的人物，这对我们是多么伟大的身教，也是中国佛教文化最可珍贵的物质，它启示我们，如果不能先成为乐观、进取、积极、奋发的人，那么修行是很难成就的。

四祖道信说："性虽无形，志节恒在然。幽灵不竭，常存朗然，是名佛性。……悟佛性者，名菩萨人，亦名悟道人，亦名识理人，亦名得性人。"就是这个道理，佛性本来光明像太阳一样，清净如明镜一般，我们如果不能先做一个光明的人、清净的人，那么，明心见性不是痴人说梦吗？

无在不在，十方目前

《六祖坛经》里说："但于自性常起正见，烦恼尘劳常不能染，即是见性。"见性的禅师是活活泼泼、实实在在、自自由由地生活在世间，那是因为有一个不为所动的心，是自己做自己的主人，是"随缘不变"，而不是"随缘迷失"了。

只有明了自性的人，知道当下即是可贵的人，悟知河沙妙德总在心源的人，才能体会三祖僧璨《信心铭》中说的"虚明自然，不劳心力""无在不在，十方目前""极小同大，妄绝境界极大同小，不见边表""有即是无，无即是有""一即一切，一切即一"的境界。

我在这篇文章里引用的文字以三祖僧璨、四祖道信遗下的教化为主，那是因为两位祖师的东西最少人研读，祖师这样好的作品，竟被忽略，不能不说是一件憾事！

禅宗修行虽然有许多不可解的地方，但如果我们只准以一句话来道尽禅的要旨，那么，我们来想一想四祖道信的这一句：

不为静乱所恼者，即是好禅。

多么令人欢喜赞叹！

我们学禅的人当然要学好禅，那么，第一步就是在生活里学习不要被静乱所恼吧！

观照世间的音声

从前有一位屠夫，脾气非常暴躁，他和寡母住在一起，然而他非但不孝顺母亲，还常常怒骂老母，有时喝了酒回来甚至动手毒打母亲。

屠夫的母亲对生出如此忤逆不孝的儿子，只有自恨业障深重。她家里供有南海观世音菩萨的圣像，她每天跪在菩萨面前忏悔宿世业障，并恳求菩萨感化忤逆的恶子，使她未来的日子有所依靠。

屠夫的家住在往南海普陀山必经的地方，每年春天二月十五日是观世音菩萨生日，去朝南海普陀山的香客特别多，屠夫看到络绎不绝的人路过去南海，就对观世音菩萨起了好奇之心，心想：如果菩萨没有感应，怎么能感动这些千里迢迢的人？同时又常听到从南海回来的人说，只要诚心，就可以在山上看见活的观世音菩萨。因此，这屠夫就决心去朝一次南海，有一个春天他随着一群香客，一起到普陀去朝山。

到了普陀山，屠夫心急地跑遍全山各寺院，却总没有见到活的观世音菩萨，他不但大失所望，心里还起了恨意，正在埋怨的时候，走到"潮音洞"前，看到一位老和尚坐在那里。屠夫就跑过去问："老师父！听说你们普陀山有活的观世音菩萨，我来找了几天都没看见，到底活的观世音菩萨在哪里？请你告诉我！"

老和尚说："你想见活观世音菩萨，现在赶快回去，菩萨已经到你家里去了，你火速回去拜见，千万别错过机会。"

屠夫想一想说："可是我不知道到我家的菩萨是什么样子，请师父指点，免得见面不相识，当面错过！"

老和尚说："你回家看见一位反穿衣、倒搭鞋的老婆婆，那就是你所要求见的观世音菩萨，你见了，要好好地诚心诚意跪下拜见，不可稍有怠慢！"

听了老和尚的话，屠夫急忙兼程赶回家里想见活观音，赶回到家时已经是半夜十二点了。

话说他的老母，自从儿子去朝南海，每天不断在观音菩萨像前烧香祈愿菩萨感化逆子，因为至心哀求，每天都拜到深夜才就寝。那一天夜里她刚拜完菩萨上床去睡，万万想不到儿子会在半夜回家。

屠夫回到家看到家门紧闭，由于他一向对母亲从未好声好气，再加上心急，不但大声小叫地呼喊，还用力捶打门户，叫妈妈来开门。母亲在睡梦中被叫骂声吵醒，一听是儿子的声音，简直吓坏了，自恨睡得太沉，触怒了这个活阎罗，恐怕逃不了一阵毒打。由于骇怕心慌，衣服反穿身上、鞋子倒搭脚上，匆忙跑来开门。

老太婆战战兢兢把门打开，屠夫抬头一看，吓得对母亲纳头便拜，嘴里连称："弟子某某，拜见观音老母。"

他母亲被弄迷糊了，对他说："你不要认错了，我是你妈，不是什么观音老母。"

屠夫说："不会错，我在南海时有位老和尚告诉我，回家看见反穿衣、倒搭鞋的人，就是活观音菩萨，我没有看错，你就是观音老母！"

老太婆看看自己的穿着，心魂甫定，知道是观音大士教化逆子，就壮起胆子说："你在家里连自己的母亲都不肯孝养，还想去南海见活观音，哪里有忤逆不孝的人能亲见菩萨的圣容？那对你讲话的老和尚就是活观世音菩萨，因为你这样不孝，怜悯你以后一定会遭到恶报，所以教你回来孝养母亲，就和拜见活观音一样的功德！"

屠夫听了，良心发现，从此改恶向善，再也不杀生当屠夫，改行做小生意，并且成为一个非常非常孝顺的人。

这一个故事改写自煮云法师著的《南海普陀山传奇异闻录》，我读了非常感动，虽是传奇异闻，却有十分深刻的启示，观世音菩萨其实不只在普陀山，而是在每个人的眼前、在每个人的身边，我们最亲爱的母亲不就是活的观世音菩萨吗？如果一个人不能孝顺父母，即使到了普陀山又能怎么样呢？

我们中国有句老话说："家家弥陀佛，户户观世音"，用以说明净土思想、阿弥陀佛、观音菩萨的普遍深入人心，几乎每个家庭都供奉。我觉得这句话还应该从另一个角度看，就是说家家都有阿弥陀佛、户户都有观世音菩萨，不只是存在遥远的虚空之中。

也就是说，对于养育我们的父母、扶持我们的兄弟姊妹、互相帮忙的街坊邻居，甚至我们生病时为我们看病的医生、我们找路时帮我们指出方向的路人……我们都应该生起佛菩萨想，有敬爱、珍惜感恩之情，唯有在人世里如此，我们才能在点火烧香的菩萨形象之前，看见许多活生生的菩萨。也才能确信我们生活的地方不仅是娑婆，也是净土！不只是五浊的世界，也是清净的法界！

除了处处是观世音菩萨，更好的是自己也立志发愿做观世音菩萨，正如煮云法师在书中说的："凡是信佛的人，对于观世音菩萨，是怎样成道，应有寻根问底的必要，若只是天天去拜观音、求观音，不如想个办法，要自己去做成一个观音。"怎么样才能做观世音呢？有一首偈说：

内观自在，十方圆明；
外观世音，寻声救苦。

当我们能在内心有圆明自在，能观照拯救世间苦难的音声，这时心里就端端正正坐着一尊观世音菩萨，有温暖的火、智慧的馨香、慈悲的光芒！这一尊观世音与道场里庄严披璎珞的观世音、与普陀山传奇的观世音、与西方净土的观世音、与十方法界的观世音都是无二无别的！

在中国民间，观世音菩萨叫"观音娘娘"，台湾话叫"观音妈"，我好喜欢这个称呼，多么可亲、多么温暖，仿佛听见了自己在心底呼唤妈妈的声音。不管如何称呼，如果一个人在对待世界时，有像妈妈对待儿子那样温柔、宽容、慈爱、无怨，充满了光明的期许与伟大的希望，那就是从紫竹石上长出一株美丽无比的紫竹，紫竹林的观世音菩萨就会露出温煦的微笑了。

光是从观世音菩萨的名号，只要我们的心够细致，就能够体会到那无量无尽的慈悲呀!

如意珠

　　从前在印度的室罗城中，有一个名叫演若达多的人，有一天早上起床去照镜子，发现镜中人的头、眉目、相貌非常可爱。

　　但是突然起了一个念头："为什么我可以看见镜中的面目，反而我的眼睛不能看见自己的脸呢？"这样一想，使他感觉十分恐怖，以为自己受到魔鬼作祟，自己的眼才见不到自己的脸，甚至认为自己的头已经失落了。

　　最后，演若达多因此疯狂，整天在城里狂走，寻找自己失去的头。

　　佛陀释迦牟尼问他的弟子富楼那说："这个人为什么无缘无故地狂走呢？"

　　富楼那说："那个人心发狂了。"

　　佛陀便对弟子开示，每个人的心里都有像演若达多的狂性，那是因为"自诸妄想辗转相因，从迷积迷以历尘劫"（自己在妄想里辗转，互为因果，而在痴迷中累积，度过很长的岁月）。其实，演若达多虽然发狂了，他的头并没有失去，要使他找到头的方法，就是使狂心歇息下来，而不是去找另一个头。

于是，佛陀说："歇即菩提，胜净明心，本周法界，不从人得。"

狂心歇息就能找到智慧的菩提，那是因为殊胜清净明朗的心性本来就充满了法界，而不是从别人那里得到的。

为了使弟子更了解"狂性自歇，歇即菩提"的道理，佛陀说了一个故事：有一个人，他衣服里有一个无价的如意宝珠，自己却不知觉。最后流落街头，成为乞丐，到处奔走乞食维生，他虽然那样贫穷，衣服里的宝珠并没有遗失。有一天，遇到一位有智慧的人，指出了他身上的如意宝珠，他立刻就成为富有的人，这时他才知道，如意神珠原来早在自己身上，并不是从外面得来。

这两个故事都出自《楞严经》，佛陀说的"演若达多的狂性"和"穷人身上的如意珠"都具有深刻的象征意义。演若达多的狂性就是一个人的妄想，而穷人身上的如意珠则是一个人的好本质，太多的妄想与向外流浪奔驰，会遮蔽了人的好本质，发现好本质（甚至是明净的自性）唯一的方法就是在狂乱与妄想中歇息下来。

我觉得，这故事对现代人来说更有意义，因为生活在现代的人多少都具有狂性，飙车者为了追求一分钟的狂性，宁可丢弃百年的生命；大家乐迷则是顶着自己的头，每天在外面找头的人；每天在街上，我们会看见了推销衣服，大吼大叫、乱甩衣服的小贩；百货公司里抢买打折货的人潮；戏院前霸占着窗口，横眉竖目的黄牛；绿灯还没亮就紧踩油门准备冲出的车子；追赶、跑跳、碰撞的人群……这是一个多么狂乱的妄想与欲望纷飞的世界？

当我看见了世界的运转，抬起头来，看一朵精美纯白的云朵，以一种温和优雅的姿势缓缓飘过，这时我知道了，能没有狂性地生活着，真是幸福的事。

于是，我每时每刻都让自己的如意珠显现着，并对映着这个世界。

天下第一

从前有一位非常有天才的人，不管什么事情，他看一眼就会做了，他以为自己的聪明无人能比，到二十岁的时候，他就发下豪语："天下技术，要当尽知，一艺不通，则非明达也。"

这位想要通晓天下一切技术的青年，就开始游学天下，只要听到哪里有明师就去拜访学习，很短的时间即学会很多技术，从天文地理到医术符箓，从剪裁刺绣到烹饪歌舞，甚至赌博、伎乐、下棋等等，无不通晓。

年轻人这时豪情万丈，心里想："像我这样的大丈夫，有谁能比得上呢？我现在应该到各国游行，找人比赛，这样才能扬名四海、技术冲天，然后才能留名千古、垂勋百代。"

他开始到别国去游行，才到另一个国家，就看到市场里有卖弓箭的人，析筋治角，用手如飞。他看得呆住了，心想："如果我和他比做弓箭就输给他了。"于是拜制弓箭的人为师。由于他的聪明，很快就学会了制弓箭的技术，并且胜过了他的老师。

年轻人拜别老师到别国去，正要渡江的时候，看到一位船师，划船如飞，他看得很感慨："幸好我没有和他比赛划船，我虽然会很多技术，划船还没有学过呀！"于是拜船师学习划船，也是很快就学会划船的技术，并且胜过他的老师。

他又到另一个国家，看到该国国王的宫殿天下无双，心想："盖这宫殿的人，是多么巧妙呀！我游学以来还没有学过这个，如果和他比赛技术，一定输给他，我一定要学会，才能满足我天下第一的志愿。"于是跑去求盖宫殿的人收他做弟子，不久之后，他果然学会了一切盖房子的本事，甚至技术还超越了师父。

他辞别了老师，到处去找人比赛技术，他走遍十六个国家，没有人能胜过他，到最后，甚至听到他的名字，就没有人敢出来比试了，年轻人自负地感慨着："天地之间，谁有胜我者？"心里不免也怅然若有所失。

佛陀为了度化这位青年，化成一个沙门，拄杖持钵，走过他的面前。青年看见佛陀化成的沙门，觉得十分奇怪，因为他走过的国家没有佛法，也没见过这样打扮的人。就问沙门说："我走遍天下，没有看过你这样装扮的人，没有看过有人穿你这样的衣服、拿你这样的工具，你是什么人？为什么和别人不同呢？"

"我是个调身的人哪！"沙门回答说。

于是，沙门告诉年轻人说，一个人能调和身心，胜过自己，才是最伟大的，也才可以真的光明洞达，照耀天地，他说了一首偈：

弓匠调角，水人调船，巧匠调木，智者调身。

譬如厚石，风不能移，智者意重，毁誉不倾。

譬如深渊，澄静清明，慧人闻道，心净欢然。

　　沙门教给年轻人许多调身的方法，例如持戒、修善、布施、忍辱、禅定、智慧、慈悲喜舍等等，他说只有能调身的人才能走向真正的解脱之路，"弓船、木匠、六艺奇术，斯皆绮饰华誉之事，荡身纵意生死之路也。"

　　年轻人听了大为佩服，就拜佛为师，最后证得了阿罗汉道。

　　这个出自《法句譬喻经》的故事，告诉我们如何调和身心、面对自己才是最重要的事，一个有智慧的人调身都没有时间了，哪有时间去和人比较争胜呢？

　　在《法句譬喻经》里，还有一个故事，说有一个名叫萨遮尼犍的人，才明多智，被认为是国中第一，但他非常高傲自大，常用铁片打成腰围围住肚子，有人问他为什么用铁片围肚子，他说："我的智慧太多，怕智慧从肚子满溢出来呀！"

　　他听说佛陀很有智慧，就跑去问佛陀几个问题，想要非难佛陀，我们来看其中的三个问题：

　　"何谓为道？"

　　"常愍好学，正心以行；唯怀宝慧，是谓为道。"（勤勉爱好学习，以正直的心修行；满怀宝贵的智慧，这就是道。）

　　"何谓为智？"

　　"所谓智者，不必辩言；无恐无惧，守善为智。"（有智慧的人，是不必辩才来说明；心胸坦荡没有恐惧，择善固守就是智。）

　　"何谓为有道？"

　　"所谓有道，非救一物；普济天下，无害无道。"（所谓有道的人，并不是救一物就是，而是能怨亲平等普救天下众生，甚至不去伤害无道的人。）

这是多么伟大澄明的见解，最应该记住的是"唯怀宝慧""不必辩言"，我们心里满怀着宝贵的智慧，不必向别人辩解逞能，当然也不必与别人比较。胜过自己的人就是"大雄"，清净的身心即是"宝殿"，能这样，纵使再寂寞孤独的旅途，也能有极乐之心，那是因为知道了自己在走向法界之路，法界才是真实的、唯一的故乡。能调身的人，也才是真正的天下第一。

心无片瓦

我很喜欢《楞严经》里的一个故事。

是说有一位月光童子,他在久远劫前曾经跟随水天佛修习水观,以进入正定三昧。

月光童子先观照自己身中的水性,从涕泪唾液,一直到津液精血、大小便利,这些在身内循环往复的水,性质都是一样的。然后知道了身体内部的水性与世界内外所有的水分,甚至香水大海等等都没有差别。逐渐的,月光童子成就了水观,能使身水融化为一,但还没有达到无身空性的最高境界。

有一天,月光童子在室内安禅,他的小弟子从窗外探视,只看见室中遍满清水,其他什么都没看见。小弟子不知道是师父坐禅,就拿了一片瓦砾丢到室内的清水里,扑通一声,以游戏的心情看了一会儿就离开了。

月光童子出定以后,觉得心里很痛,他想道:"我已经证得阿罗汉很久了,早就与病痛无缘,为什么今天忽然生出心痛这样的疾病，难道是我的修行退步了吗？"正在疑虑的时候，小弟子来看他，说出了刚刚看见满室清水丢入瓦砾的事。

月光童子听了，对弟子说："以后我入定的时候，如果你再看见满室清水，就立即开门走进水中，除去瓦砾。"后来他入定的时候，弟子果然又看见水，那片瓦砾还清晰宛然留在水里，弟子走进去把瓦砾取出，丢掉了。月光童子出定后，感觉到身心泰然，身心恢复如初。

此后，月光童子跟随无数的佛学习，一直到遇见山海自在通王佛，才真正忘去身见，与十方界诸香水海，性合真空，无二无别。因此他认为修行水观法门，是求得圆满无上正觉的第一妙法。

这个故事出自《楞严经》卷五，原来是佛陀要二十五位修行得道的菩萨与弟子报告自己修行的过程与方法，每一位都不相同，月光童子就是从水观而得到成就的。

月光童子的水观修行甚深微妙，我们是很难体会的，不过，从凡人的角度来看，这故事给我们带来一些清新的启示，如同我们走到林下水边，面对着澄潭清水或湛蓝汪洋，大部分人都可以自然得到安静的心境，并且感觉到身心得到清洗。反之，如果我们走到污浊的水沟边，或看到垃圾在河中奔窜，必然也使我们觉得身心受到污染，这不仅是感受问题，而是我们身心中有水性，与外界水性的感应道交。

此外，我们也应该知道，自己和外界的关系十分密切，一个人如果有身体，即使他是修行很高的人，也容易受到隔空飞来瓦片的伤害，因为自己虽能心无片瓦，这世界还是到处都飞动着瓦砾，当被瓦砾击中的时候，最好的方法就是立即开门把它取出。

明白了这个道理，就知道我们由于无知抛掷给别人的瓦片，或者只是毫无目的的游戏，都会造成别人，乃至整个世界的伤害。而这世界的水性一气流通，别人所受的伤害，正是我们自己的伤害呀！

法性像清水一样，其实不难领会，在佛经里有许多开示，我们抄录几段来看：

> 天下人心，如流水中有草木，各自流行，不相顾望。前者亦不顾后，后者亦不顾前，草木流行，各自如故。人心亦如是，一念来，一念去，亦如草木前后不相顾望。(《忠心经》)

> 根清净故，色尘清净；色清净故，声尘清净；香、味、触、法，亦复如是。善男子！六尘清净故，地大清净；地清净故，水大清净；火大，风大，亦复如是。(《圆觉经》)

> 佛平等说，如一味雨，随众生性，所受不同，如彼草木，所禀各异。(《法华经》)

说得最简明的，是《无量义经》说法品中的一段：

> 善男子！法譬如水，能洗垢秽。

若井若池，若江若河，溪渠大海，皆悉能洗诸有垢秽。

其法水者，亦复如是，能洗众生诸恼垢。

善男子！

水性是一，江河井池，溪渠大海，各各别异。

其法性者，亦复如是，能洗尘劳，等无差别，三法四果二道不一。

知道菩提心水，就了解使自己的心清明是多么重要，对那些流过的草木就不要再顾惜了！对那些埋伏在我们心中的瓦砾就赶快取出吧！对那些被尘劳所封冻的身心赶快清洗吧！

佛陀在《百喻经》中说过一个故事，有一个人渡海时掉了一个银器，他就在海水做记号，希望以后去取，经过两个月，他到了别国，看到一条大河，水的性质与海水无异，他就跑到河水去找他从前所画的记号，看到的人就问他原因，他说："我两个月前在海上丢掉银器，曾画水作记，本来所画的水和这里的水无异，所以来这里找。"大家就笑他："水虽不别，但你是在那里丢的，在这里怎么找得到呢？"

人生不也是如此吗？留在我们记忆中的艰辛苦厄，我们烛火被吹灭的冷寂，我们芦苇被压伤的惨痛，我们舟船迷失时的恐慌，我们情爱与热诚被践踏、被蹂躏、被背离、被折断的锥心刺骨，不都是落在海中的银器吗？现在我们到另外的国度，有另外的水，又何必让水上的记号来折磨我们！在清净心水里，瓦砾与银器也是一样的东西呀！

惜生诗抄

　　几天前，养鸭业者把几十万枚正要孵化的鸭蛋，从桥上倾倒入河，有许多鸭蛋倒到半空中时，小鸭孵出来了，那些初面人世的鸭子还来不及叫一声、探一眼这个世界，就摔死的摔死、淹死的淹死了。

　　这数十万尚未经验丝毫生命的鸭子，是因为一位医生说了一句话：吃鸭肉可能得癌症。

　　今年四月，由于鸡肉与鸡蛋跌价，养鸡的人用冷水泼在八十万个孵化的鸡蛋上，使蛋内的小鸡全冻死。

　　最近，养鸡业者又把三十万只小鸡放在纸箱内，泼上煤油燃烧，一任小鸡在火中吱吱叫，活活被烧成灰烬。

　　这一百多万只鸡的惨死，仍无法挽救鸡肉与鸡蛋的价钱，养鸡业者正在开会协调，不久将要再焚毁一百六十万只鸡，才有可能拯救养鸡业。

　　像把正孵化的鸭蛋倒入河里、用冷水泼在要孵出的鸡蛋上、将小鸡活活烧死……如此残忍的手段一再发生，使我们不禁对人性生出更多的反省。向来，牛猪鸡鸭等供人食用，被看成是天经地义的事，很少人会想到它们也有情感与痛苦，也很少人想到它们是活生生的生命。

为什么在自诩为保护动物观念进步的今天，我们只懂得保护野生动物，而不懂得爱惜身边的动物呢？即使是为了口腹，不得不杀害动物，难道杀的时候没有不忍之心、感恩之心吗？

近十几年来，西方人有很多养牛猪鸡鸭作为宠物，发现它们的智商都很高，并且有感情，有的甚至有表演的天赋，这些应该启示我们对于一向被看成"卑贱"的畜养动物有新的对待，如果我们不懂得珍惜畜养的动物，那么我们就不可能真诚地爱惜野生动物。

保护动物是在保护生命，并不是在保护动物的种类；而一个人对动物没有惜生之心，就不能良善地对待人、甚至对待整个世界。

有些人以为，保护动物的观念是近代西方传来的，传统中国老百姓对待动物都非常残忍，这是相当错误的看法，不要说野生动物，就是对畜养动物爱惜的观念，中国人早就有了，我最近找到一些古人护生惜生的诗，可以让我们看清从前的中国人是如何对待动物。

在《全唐诗》里，有许多爱惜动物的诗，并且由爱惜动物而设身处地想到动物的处境，例如寒山子有一首诗：

怜底众生病，餐尝略不厌；

蒸豚揾蒜酱，炙鸭点椒盐。

去骨鲜鱼脍，兼皮熟肉脔；

不知他命苦，只取自家甜。

一般人在吃蒜泥白肉、烤鸭蘸椒盐、清蒸鱼的时候，只觉得滋味甚好，却很少想到猪、鸭、鱼也是会痛苦呀！寒山子的《护生诗》有数十首，这只是其中之一，例如他还有一首有名的诗：

猪吃死人肉，人吃死猪肠；

猪不嫌人臭，人反道猪香。

猪死抛水内，人死掘土藏；

彼此莫相啖，莲花生沸汤。

即使是猪也要加以爱惜，可以看到寒山子伟大的禅修，是建立在深广的慈悲心上。寒山子是出家人，惜生原是本分，其他的诗人呢？贾岛有一次看到一只生病而不能飞的蝉，作了一首《病蝉》：

病蝉飞不得，向我掌中行；

折翼犹能薄，酸吟尚极清。

露华凝在腹，尘点误侵睛；

黄雀并鸢鸟，俱怀害尔情。

一只生病的蝉，它平时虽然常受到黄雀与鸢鸟噬食的威胁，但是它痛苦的呻吟，依然那么清越，清凉的花露仍在它的腹中，诗人以蝉喻人，使我们看见他惜生的心情。伟大的诗人杜甫，在看到乱世的战争时，作过一首《护生诗》：

干戈兵革斗未止，凤凰麒麟安在哉？
吾徒胡为纵此乐，暴殄天物圣所哀！

战争使我们想起了人所受的苦，但动物何尝不苦，连凤凰麒麟都绝种了，何况是一般的动物？最值得注意的是"暴殄天物圣所哀"，凡是对大地的一切不能爱惜，实在是圣人哀痛的事。自然诗人王维住在南山下，写过一首《戏赠张五弟諲》：

设置守麋兔，垂钓伺游鳞；
此是安口腹，非关慕隐沦。
吾生好清静，蔬食去情尘；
今子方豪荡，思为鼎食人。
我家南山下，动息自遗身；
入鸟不相乱，见兽皆相亲。
云霞成伴侣，虚白侍衣巾；
何事须夫子，邀予谷口真。

"入鸟不相乱，见兽皆相亲"是多么动人的境界，如果是在台湾就变成了"入鸟皆烧烤，见兽皆追杀"了。杜牧也有一首动人的诗：

已落双雕血尚新，鸣鞭走马又翻身；

凭君莫射南来雁，恐有家书寄远人。

如果人想起远方的家人朋友，哪里忍心射杀从北方飞来避寒的大雁呢？唐朝诗人陆甫里也有一首诗说：

万峰回绕一峰深，到此常修苦行心；

自扫雪中归鹿迹，天明恐有猎人寻。

我非常喜欢这首诗，每次读到就仿佛看见诗人孤独的身影，在黑夜雪地遍布的深山里面，挥汗扫去麋鹿回家的脚印，只是因为担心天亮的时候被猎人发现呀！这是多么细致动人的心灵，喜欢猎追小鹿的猎人读到这首诗应该惭愧痛哭。

唐朝有一个诗人王仁裕，他有一次把一只猿猴放入深山，不久之后又遇到他放生的猿猴，关于这两件事他都有诗记述，十分感人：

放　猿

放尔丁宁复故林，旧来行处好追寻。

月明巫峡堪怜静，路隔巴山莫厌深。

栖宿免劳青嶂梦，跻攀应惬白云心。

三秋果熟松梢健，任抱高枝彻晓吟。

蜀道遇所放猿

嶓冢祠边汉水滨，此猿连臂下嶙峋；

渐来仔细窥行客，认得依稀似野宾。

月宿纵劳羁绁梦，松餐非复稻粱身；

数声肠断和云叫，认是前时旧主人。

主人与猿猴相遇的时候，互相都认了出来，场面是多么动人！足见人猿都是有情生！

唐朝创作力十分旺盛的诗人白居易，有几十首护生的诗，他的诗所涉的对象如鱼、牛、鸡、犬、鹰、乌龟、鹦鹉等等，可见诗人对生命平等的观照，我在这里摘选几首比较短的诗：

观游鱼

绕池闲步看鱼游，正值儿童弄钓舟；

一种爱鱼心各异，我来施食尔垂钓。

劝打鸟者

谁道群生性命微，一般骨肉一般皮；

劝君莫打枝头鸟，子在巢中望母归。

鹦 鹉

陇西鹦鹉到江东，养得经年嘴渐红；

常恐思归先剪翅，每因喂食暂开笼。

人怜巧语情虽重，鸟忆高飞意不同；

应似朱门歌舞妓，深藏牢闭后房中。

犬与鸢

晚来天气好，散步中门前；

门前何所有，偶睹犬与鸢。

鸢饱凌风飞，犬暖向日眠；

腹舒稳贴地，翅凝高摩天。

上无罗弋忧，下无羁锁牵；

见彼物遂性，我亦心适然。

心适复何为，一咏逍遥篇；

此仍着于适，尚未能忘言。

我们看到天上的鸢任意高飞，没有罗网的陷阱，看到没有铁锁拘绊的狗在门口晒太阳，都会生起自由自在、安适的心，这是人同此心，为什么有的人偏偏喜欢罗网和铁锁呢？当人以罗网铁锁拘束动物，不也正是在网罗自己的心吗？

白居易有一首《赎鸡》诗，是在市场看到小贩卖鸡，买来放生，中有"常慕古人道，仁信及鱼豚，见兹生恻隐，赎放双林园"之句，可见对于鱼豚鸡狗有仁信之心，非始自唐朝，而是古已有之。还有一次，他在市场看到小孩子抓鹰来卖，也买了放生，写过一首《放孤鹰》，感同身受，十分动人，有这样几句：

我本北人今谴谪，人鸟虽殊同是客；
见此客鸟伤客人，赎汝放汝飞入云。

我们从白居易的观点放大来看，人或一切动物不都是娑婆世界的客人吗？应该互相怜悯、爱惜，何苦相残相杀呢？

诗歌中护生惜生的传统，到宋朝更是光芒四射。深受佛教影响的大诗人苏东坡留下了许多动人的诗句，有一首《赠陈季常》我非常喜欢，据说陈季常收到这首诗以后，从此戒杀，而住在岐亭的人读了这首诗，许多人都发愿不再吃肉，诗云：

> 我哀篮中蛤，闭口护残汁；
> 又哀网中鱼，开口吐微湿。
> 刳肠彼绞痛，过分我何得？
> 相逢未寒温，相劝此最急。
> 不见卢怀慎，蒸壶似蒸鸭；
> 坐客皆忍笑，髡然发其幂！
> 不见王武子，每食刀几赤；
> 琉璃载蒸豚，中有人乳白。
> 卢公信寒陋，衰发得满帻；
> 武子虽豪华，未死神已泣。
> 先生万金璧，护此一蚁缺；
> 一年如一梦，百岁真过客。
> 君无废此篇，严诗编杜集。

今天的人多么像东坡笔下那个王武子，每吃一餐，刀子和砧板都染上殷红的血迹，他吃的烤乳猪是喂人乳长大的，这样的人固然豪华，但还没有死已经使众神为之哀泣。苏东坡的看法与白居易一样，我们活在世上，一年就像一个梦那样短暂，我们都是世上的过客，那么，谁有权利可以任意屠宰世界的生物？又有谁够资格能践踏子孙要生存的环境呢？现在我们保护动物、爱惜环境的观念已逐渐觉醒，但一般总是站在以人为主的立场，是为了维护人类的生存，我觉得更进一步的观念应该是：人人都是过客！人并不是这世界的主人！

苏东坡还有两首短诗非常好，也阐明了这个观念：

煮 菜

秋来霜露满东园，芦菔生儿芥有孙；

我与何曾同一饱，不知何苦食鸡豚？

次韵定慧钦长老见寄

左角看破楚，南柯闻长滕。

钩帘归乳燕，穴牖出痴蝇。

为鼠常留饭，怜蛾不点灯。

崎岖真可笑，我是小乘僧。

我们看一看，芦菔有儿子，芥菜也有孙子，我们何德何能破坏大地呢？就是连乳燕、痴蝇、老鼠、飞蛾都是值得怜悯的，那有什么差异呢？与苏东坡同期的黄庭坚有一首短诗：

劝君休杀命，背面复生嗔；

吃他还吃汝，循环作主人。

让我们想一想，到底谁才是真正的主人呢？

宋朝充满豪情的诗人陆游，也有多首护惜生命的细致诗歌，我们来看收在《陆放翁全集》的三首戒杀诗：

其　一

血肉淋漓味足珍，一般痛苦怨难伸；
设身处地扪心想，谁肯将刀割自身。

其　二

晨兴略整案头书，日入庭花始扫除；
未免叮咛惟一事，临池莫钓放生鱼。

其　三

惜身谁肯轻伤发，止杀先从莫拍蚊；
老负明时无补报，惟将忠敬事心君。

诗人甚至觉得连蚊子都不可轻易杀害，那是因为即使小如蚊子也有痛苦呀，陆游另有一首《当食叹》也十分动人：

黄鹌举网收，锦雉带箭堕；
藉藻赪鲤鲜，发奁苍兔卧。
吾济亦何心，甘味乐死祸？
贪夫五鼎烹，志士首阳饿；
请言观其终，熟为当吊贺？

八月黍可炊，五月麦可磨。

一饱端有馀，努力事春籁。

每次读到诗人如此清澈澄明的心灵，总让我拍案低回良久，想到从前所作所为，以及整个社会的所作所为，不禁感到惭愧，心情正如元朝大诗人赵孟頫的诗：

同生今世亦前缘，同尽沧桑一梦间；

往事不堪回首论，放生池畔忆前愆。

能同生在此时此世界的人与动物，无不是前缘所定，赶尽杀绝又为了什么？明朝陶周望的诗里有这样的句子：

一虎当邑居，万人怖而走；

万人俱虎心，物命谁当救？

在我们的时代，追肥逐甘的食客正像具有虎心的人，一个岛上居住了千万有虎心的人，有谁来拯救动物的生命呢？

明朝以后仍然继承了惜生的传统，爱惜动物生命的诗篇多得不可胜数，像明朝大诗人方孝孺有一首《勉学子》诗：

莫驱屋上乌，乌有反哺诚。

莫烹池上雁，雁行如弟兄。

流观飞走伦，转见天地情。

> 人生处骨肉，胡不心自平。
>
> 田家一聚散，草木为枯荣。
>
> 我愿三春日，垂光照紫荆。
>
> 同根而并蒂，蔼蔼共生成。

乌鸦、雁与人一样都有情感，何忍驱之烹之呢？读到这里，或许有人会生起疑惑：什么动物都不要杀，难道要吃素不成？正是如此，历代诗人——写下这些动人篇章的诗人——大部分是素食者，因为当一个人看清了生命的珍贵与无可替代，如何忍心举起筷子呢？这种慈爱万物的心情，我认为正是中国诗歌中极其珍贵的遗产，如果能爱命惜生就更能贴近这些诗人的心灵。清朝诗人吴梅村有一首《劝素食》的诗：

> 莫谓畜生微，与人同气血；
>
> 但恣我肥甘，不顾他死活。
>
> 痛口说向君，畜生非是别；
>
> 过去之六亲，未来之诸佛。

读了历代诗人的惜生诗歌，使我们感到欣慰，原来保护动物的观念不是来自西方，是我们古已有之，只是被现代人的口腹之欲所覆盖罢了。今天我们提倡动物的保护，不只是在追随先进国家的脚步，也是在连接我们固有的好传统。

爱护一切动物是所有人的责任，古来不只是诗人如此，连有德的皇帝也是一样，最后，我们来读清高宗乾隆皇帝的一首《雉将雏》：

行行麦陇边，见一雉将雏。

雏儿才长成，哑哑学母呼。

翅软未解飞，嘴嫩未能食。

饮啄与游翔，皆赖顾复力。

儿今依其母，母乎爱其儿。

一朝羽翼全，那料南北飞。

有童持长竿，捕雏何遽遽。

老雉虽善飞，绕匝不忍去。

雏儿颇有智，藏伏荆棘间。

棘密难探取，儿童空怅还。

须臾童去远，老雉还来视。

母子得全活，鼓翼心倍喜。

尔童一何忍，尔雉一何慈。

孰谓天良心，人禽乃倒之。

观物可会心，抚古常自镜。

今朝忽见此，大愧中年令。

倾听古代诗人心灵的声音，真能给我们当镜子，我们看到母雉如何呵护雏雉的情景，在心灵中会升起清明的感叹，假若一个人没有慈心，与长了尾巴的有何不同？甚至还不如动物呀！

看到数十万、数百万的鸡鸭被焚烧，稍有良知的人能不心惊毛竖吗？

附　录

七情掠影

——林清玄印象记

文 / 罗乃萱

　　认识我的人都知道，台湾作家林清玄是我的偶像。打从书店买到他的书《在刀口上》起，我即被他那份深邃的感情与敏锐的观察力所吸引，收集起他的作品来。如是三年，现今数数书架上的藏书，也有二十六本之多。

　　七月有机会到台北一游，临行前曾这样期许：若是能采访到林清玄，才算不枉此行。几经转折，抵台第五天与他取得联络，电话传来一口极其谦和的声音，约定第二天晚上八时会面。

　　那日我比平常早到。时报大楼的管理员一听我是采访林清玄，礼貌地嘱我坐下，还带着老朋友式的口吻说他约好了，一定不会忘记，请我放心。果然，他准时到达。

　　两个小时，我没有一点采访的感觉，只觉在跟一位熟悉却素未谋面的朋友聊天。他很坦率、诚恳，说话像写文章，有条理且流畅自然。以前透过文字探索他的有情世界，如今却是面对地揭开他的创作与生命旅程。回来后，把所见所闻，拼凑以前的阅读印象，组成了"七情掠影"。

一、亲情

> 父亲是我这一生最崇拜的人，他虽是一个平凡的乡下农夫，但他善良、乐观、温暖、坚强、信仰正义与公理，他在我心目中接近于一个完全人。

> （《迷路的云》代序）

林清玄从不讳言，父亲是他创作生命成长的最大助力。生长在一个三百年没出过一个作家的高雄旗山，要当"作家"是一件很难向长辈交代的事情。但林清玄的父亲，从没因任何理由去拦阻他走创作的路。

"父亲是一位悲剧人物。日据时代出生于台湾，第二次世界大战，被调替日本人当兵，到大陆打中国人。最后，日本投降，被抓去当俘虏，再把他遣回台湾，整个历程成了中国变动的缩影。"

吃尽了苦头的林父，对孩子却是采取自由放任政策，没有让苦难压迫在家里延绵。中学时代的林清玄成绩很差，父亲特地典当田地筹措三万块给他上台北的补习班，他却宁愿拿这笔钱游历宝岛，年复一年都没考上大学，三个暑假都浪掷于游山玩水之中。

　　不过，林父战争的经历，与生活中的智慧，却是深深影响着林清玄的创作思维。他早期作品《蝴蝶无须》中，有一段写到父亲在他从军前一天，喝得酩酊大醉，卸下上衣，叫儿子抚摸他的肩膀上"残留着日本人皮靴踩过，瘀血、化脓、出水而留下的痕迹"，然后说："这就是战争，你手里摸到的。要记得国家亡了，人也不再是人了。"

　　父亲常是有意无意间，把对国家民族的忧患意识传给了林清玄，成为他刻骨的体认。又有一回，父亲拿起红心番薯，对他说："台湾的样子真是像极了红心的番薯，你们是这番薯的子弟呀！"（《白雪少年》之《红心番薯》）农夫父亲常借田地间随手可拾的实物，向儿子诠释人生道理。耳濡目染的林清玄，就带着父亲的这种眼光游天下，观照万物。

二、旅情

　　　　我喜欢游历，一方面是个性使然，另一方面是调整
　　情绪之用。有时候厌倦自己的生活圈子，便跑去一个完
　　全不熟悉的地方⋯⋯

　　多少年来，林清玄足迹遍及名山大川，恐怕除了海峡对岸的大陆，其他地方都留下他的脚踪。对旅游，他选择独来独往，喜欢"没有目的，完全放松"的感觉。所以有一年到日本，他花了

一个月时间待在东京，没干什么，每天到公园溜达，旁观老人小孩度日。虽是如此，他的游记却是资料齐集，感受丰富的。游庞贝古城想到汉唐的雄伟。逛日本原宿想到年轻人对美的追求。花都巴黎却留意路旁的乞丐。我一直很羡慕他有充裕的金钱与时间，培养自己成为一个省思的旅者。

"其实游历不一定要到外地。简单而言，那只是追寻一个有异于往日的经验，你有想过到办公室的顶楼看一夜的星星吧？"

他的近作《玫瑰海岸》，就是独个儿往台湾北部的淡水和南部垦丁旅行，每天漫步海边，品茶听涛，坐观天地碧海之清朗而成的小品。经他一提，我倒兴起了找一天清晨，跑到自己沙田家中顶楼观日出的念头。

三、爱情

> 玫瑰与爱是如此类似，盛开的玫瑰会一瓣瓣落下，爱到顶点，也会一步一步地走入泪中……如果说，要用什么简单的字句来形容，我这些年对爱情的观点，就是"无常"两字……

（《玫瑰海岸》自序）

读林清玄的作品，会发觉他是一个多情却又重情的人。也许这样，他的情感道路比别人崎岖，也比别人刻骨铭心。《蝴蝶无须》书中，常出现一位他名为"妻子"的女子，他为她痴迷颠倒，醉生梦死；"至爱的妻……我的仰望从你而来，我的信念从你而生，我的依仗从你而得……"是一份对爱情纯净的向往。但那日他告诉我，《蝴》书中的她，并不是现在的妻子，我才感觉到感情的创伤，在他生命中那种挥灭不掉的影响。

经历过感情的挫折，对情爱的描绘，也从往昔的迷醉痴情，提升至一种清朗明净的境界。《玫瑰海岸》上半部就是这种心境下写成的言爱小品，他希望受过恋爱挫折的年轻人，能透过文章"看清楚感情的本质，让他们知道世上有比他们更惨的人，激发他们爱与包容的勇气"。

他虽执意于情感的无常，但也相信爱情的恒常、至死不渝。好几次读他的爱情故事，都曾令我怦然心动，良久挥抹不去。像他与未婚妈妈之家的小玉那段难舍难离的情谊的《雨后初荷》(《乡情》)、小尼姑初恋的《法圆师妹》(《迷路的云》)、七岁恋情的短文《小照》、淡描分离的《削梨》《愁渡》等（均来自《玫瑰海岸》)。见到他面，忍不住问他那些故事的主角，是否就是他本人。他含蓄地回答："有时是选取动人的题材，再与个人情感、特质融合，所以读起来像是我的故事。"后来才觉得自己有点傻，何必介意真真假假呢，自己不是曾为他笔下一个民间童话而深深被牵动吗?!

那篇文章叫《至死靡他》(《鸳鸯香炉》)，故事是说牧童本与黄娥相恋，常在河边吹笛玩乐，黄的父母为此恼怒非常，把她嫁给老财主作二房，牧童知道后忧郁而终。但尸首化作一个硬心，被木匠误作良木拿回家刻成酒杯。一日黄娥的财主丈夫请木匠喝酒，木匠把新刻的酒杯掏出，酒杯即发出清脆嘹亮的笛声，直到房中的黄娥四处寻觅这熟悉的笛声，探头往酒杯一看，笛声才突然中止。故事虽简单，但感动之处在牧童的"爱不死……一颗还活着的心不化，最后……用笛声来寻找他的爱人，只为了见爱人的最后一面"。

还记得，看罢了这个故事，我悄悄买了一根笛子，放在书架上，让它提醒我情爱之伟大不朽。

四、城市情

我把我们所处的这个社会称为是"洗碗水社会"，洗碗水社会就是温吞水社会，一天天地在冷漠，一天天地混浊。洗碗水社会最可怕的是，不管你是多么清澄的水……一流下去马上就脏了，马上就温吞了，很快地失去它原来的品质。

（《城市笔记》之《洗碗水社会》）

年轻时，林清玄的确渴望能借文章改变社会，现在知道任何公平合理的社会答案永远是一个不可把捉的目标，写文章只希望唤醒人的自觉和开心。

如果说上面三种情怀是林清玄感性的展露，跟着的两种便是他理性的抒发了。而且结集成本也较有根据可寻，如《在暗夜中迎曦》《谁来吹醒文化》《文化阵痛》《处女的号角》等，都是他以沉痛的心情，围绕着文化为中心的睿见。讨论范畴从近的旅游、服装文化、电视电影的畸形发展，至盗印仿冒、重视名牌的消费性泛滥、古迹维护等。

他的很多观察可能缺乏数字根据，但却能理出新的观点与前提，有些现象的分析，也可作香港社会的借镜。比方说《中性人社会》(《城市笔记》),《中性人》是指外表、性格与体力上那种性别的混淆，带来的忧虑与倾向，又或省视现代人在环境污染下，维持健康活力的"青春慢走！"(《处女的号角》)等，都正是今日香港人面对的困惑。

五、艺术情

你每天只要抽出半小时到一小时的时间，听一张唱片，读一篇文章，看一段艺术史。然后每个星期看一部那星期最好的电影……只要你每天肯花一小时，我保证，一年以后你就懂艺术了……

(《雪中之火》自序)

林清玄的艺术观是相当平民化的。一直很爱读他随兴式的艺术家采访，报道很生活化，像跟每个艺术家都是老友似的，天南地北，无所不聊，读起来生动活泼，又能参透不同艺术领域的特质。《难遣人间未了情》《林清玄文化集》《宇宙的游子》就是这类。

近期的《雪中之火》和《大悲与大爱》却是两本学术味较重的著作。前者是他几年到欧洲、美国、日本观察艺术的成果，后者是他与一些中国艺术家的交往札记，其中包括专业、非专业的，年老的，从面对面的真诚相处捕捉他们的个性。

但林清玄的艺术文章，并不止于批评、介绍，很多时候，再由此延伸至社会、教育的省思。有一次他介绍一位只受过初中教育，从没受过绘画训练的画家，但从发掘他的童年成长经验中，林清玄提出了一连串的质疑："它不仅是艺术创造的问题（是不是完全没有受过训练的人也可以创作艺术呢？），也是教育的问题（一个少年时代被认为是白痴的孩子，后来怎么会执迷于绘画呢？），更是生命的问题（什么样的压抑产生什么样的创作，是不是一个必然的结果呢？）。"（《大悲与大爱》之《邱亚才画中的悒郁情结》）

而将来，他对自己艺术观的期许，也就是一种无限的延伸，用几个字概括，就是"大悲与大爱"——悲悯要大、关爱要深，才能走更长的路，打开更壮大的格局。

六、性情心情

> 我觉得一个人可以很简单地生活……我对物质不看重，中午一个馒头，晚上一个馒头，两餐就能解决。

"十年没生过气，对生活开朗乐观，觉得任何事都可解决，遇事时总爱往光明面想。也因此常受骗,不认识我的人会觉得我笨……"

"我三年才剪一次发,一剪便剪得很短。我觉得理发很浪费时间。"

"这辈子只穿过两三次西装,订婚与结婚的时候。我觉得穿西装很怪异,与个性不合……"

"要穿西装才准进入的地方,我宁愿不去。"

"我是一个在树林内听不到蝉声,繁嚣闹市里听到蝉鸣的人。"

两小时的交谈,不足以说认识林清玄的为人,但摘录他谈话的片言只语,读者仔细揣摩这位文人才子的温柔性情,也许感受更深。

七、笔墨情

剥开庸俗的外貌,看到里面的清明。读我的文章像喝水不是喝可口可乐——不放糖,可解渴,又对身体有益。这就是我的写作观。

小时候,林清玄对画画更有兴趣,稍长,才觉得文字是最直接、最有力量的表达工具。

十一二岁,收到姐姐寄来的一本书,他爱不释手,抱着书睡在床上想:"是否有一天我也可以写一本书给人家看呢?"

高中第一次投稿,拿了台币三百元稿酬,那时开始,更积极从事写作。为了磨炼文笔，他这样鞭策自己：起初规定每天写一千字，后增至一千五百，直到现在，日写三千字，写不完不睡觉。

对自己写作的要求虽这样高，他却从不觉得技巧是一个优秀作家的先决条件。他认为：懂得生活、有智慧、真诚才更重要，技巧只是其次，就正如"最会化妆的人，就是化了出来别人也不发觉的"。好的文章也是一样，技巧是隐藏在看不见的地方。读林清玄的文章感受正是如此，不会刻意探索他的技巧，却发现念起来流利通顺，没有砂石，却又意味深长。

他的三十多本著作中，我最喜欢以短文组成的《金色印象》。这是一本小品文（不过三百字）精辑，辅以童真的插图，都是一些生活的联想。文字短小精悍，意境深远，令人回味。我觉得这本书可说是他写作态度与人生的缩影。

拿了那么多的奖项、奖金，我问他曾否感到自豪。他说自己自豪的并非这些，而是"自写作以来，对人的热情与信心，始终没因岁月的流逝而稍减，虽然受了很多挫折、沧桑，对人性仍很有信心……"

寥寥几千字，记下对这位心仪作家的片段印象。回顾所来径，他没有半点遗憾，柔柔地说："我对自己走过的路蛮满意，因为与从小的梦想很接近。"

他说最近正忙着新作《温柔的世界观》，他觉得世界太暴戾了，应多些人以温柔的观点看社会、政治、物质、经济等问题。一颗温柔的心观照出来的，就是一个温暖的世界。

现实中的林清玄，其实与书本中那个理想温文的形象，极其接近。

——转载自香港《突破》杂志

附记:《突破》是香港基督教会的重要刊物，由于许多读者想多知道我日常的生活，因此选录了这一篇罗乃萱小姐的访问记。